www.tredition.de

BIRGIT SUPPAN

Voices

AF178796

Birgit Suppan wurde 1977 in Wien geboren und wuchs später mit ihren drei Geschwistern in Niederösterreich auf. Nach der Schulzeit war sie lange Zeit als Zahnarzt-Assistentin tätig, bis eine neue Lebenseinstellung, sie auf einen anderen Lebensweg leitete und sie die Leidenschaft zum schreiben entdeckte.

Der Ursprung dieses Romans liegt bereits in ihrer Kindheit. In den darauf folgenden Jahren, in denen sie durch Bücher, und Reisen in verschiedene Länder, das Glück hatte mehrere Kulturen kennen und lieben zu lernen, vervollständigte sich diese Geschichte und wurde zu diesem Roman.

www.tredition.de

Für meinen Mann, der wichtigste Mensch und Wegbegleiter in meinem Leben.
Er hat mir gezeigt, dass man alles im Leben erreichen kann, wenn man fest daran glaubt.

Birgit Suppan

Voices

Roman

© 2013 Birgit Suppan

Lektorat, Korrektorat: Schreibwerkstatt.at Nr.33,
                    Doreen Westphal
Umschlaggestaltung : Herold Design
Fotograf: Manuel Polomini
weitere Mitwirkende: Christina Wohlmuth,
                    Jürgen Suppan

Verlag: tredition GmbH, Hamburg
ISBN: 978-3-8495-3807-1
Printed in Germany

Bibliografische Information der Deutschen Nationalbibliothek:
Die Deutsche Nationalbibliothek verzeichnet diese Publikation in der Deutschen Nationalbibliografie; detaillierte bibliografische Daten sind im Internet über http://dnb.d-nb.de abrufbar.

Kapitel 1

In einem kleinen Ort, in der Nähe von Wien, lebte ein Mädchen, das auf den Namen Lilo hörte. Lilo war ein sehr aufgewecktes und schönes Mädchen. Sie bewohnte mit ihrer Mutter und deren Partner ein kleines Haus, das an einen Wald grenzte.

Dieses Haus war wirklich sehr klein, eher ein Häuschen, aber für drei Personen reichte es. Außerdem wurde seine bescheidene Größe durch einige Besonderheiten wettgemacht.

Um zum Haus zu kommen, musste man nämlich durch eine verwunschene Allee von Kastanien gehen, die diesen Weg je nach Jahreszeit immer anders aussehen ließen – und *jede* Jahreszeit war etwas Wunderschönes, sagte Lilos Mutter immer. Die Kastanienallee war damals auch der Grund gewesen, warum sie dieses Haus unbedingt gewollt hatte. Als ob man in eine andere Welt gehen würde, hatte sie gemeint.

Lilo hörte ihrer Mutter, die übrigens Marta hieß, sehr gern zu, denn ihrer Meinung nach besaß sie ein besonderes Talent zum Erzählen. Es ist also nicht verwunderlich, dass die Mutter einen Buchladen führte.

In diesem Laden fand sich eine umfangreiche Abteilung zu Mystik. Alles, was unter den Aspekt Mythos fiel, interessierte Marta: Außerirdische und vergangene Hochkulturen wie z. B. die Mayas oder Ägypten, aber auch verschiedene Glaubensrichtungen gehörten dazu.

Und natürlich war auch Lilo diesem Thema verfallen!

Aber weiter zum Haus.

Hatte man also die verwunschene Allee hinter sich gelassen, kam man an einen schmiedeeisernen Zaun mit dazu passendem Tor, das ziemlich verschnörkelt war und oben mit einem Halbbogen abschloss.

Wenn man das Tor öffnete, ging man vier mit Natursteinfliesen bedeckte Stufen hinauf. Das Haus selbst war ein altes Holzhaus, aus dunklen und breiten Brettern errichtet, und hatte diese typisch kleinen Kastenfenster, wie sie bei so alten Häusern üblich sind. Helle Holzrahmen umrandeten die Fensterchen und ihre tannengrünen Läden.

Betrat man das Haus, kam man in einen engen Flur. Rechterhand gelangte man über eine steile und knarrende dunkle Holztreppe in den oberen Teil des Hauses, mit drei Zimmern: dem Schlafzimmer von Marta und ihrem Partner Ben, Lilos Zimmer und dem gemeinsamen Bad. Im unteren Teil des Hauses breitete sich hinter dem Flur und einer kleinen Toilette ein wirklich nettes und gemütliches Wohnzimmer aus, das nur durch eine bunte Glasschiebetür von der Küche getrennt war, die im Landhausstil eingerichtet war, mit Möbeln aus Kiefernholz, so wie die meisten Möbel im Haus.

Etwas Besonderes waren noch die Kachelöfen. In jedem Raum befand sich einer und jeder sah anders aus. Heutzutage würden solche Öfen sicher ein Vermögen kosten, doch in früheren Zeiten waren sie die einzige Wärmequelle im Haus, im Winter unentbehrlich.

Das Häuschen passte einfach perfekt zu dieser Familie.

Lilo war 16 Jahre alt, ein Mädchen mit ungewöhnlich blauen Augen, azurblau, und dieses Blau durchliefen ganz feine, weißliche Schlieren. Fast konnte man meinen, Lilo hätte blauen Marmor in ihren Augen.

Sie war schlank und hochgewachsen, die Größte in ihrer Klasse. Ihre goldblonden Haare waren schulterlang. Sie war sehr beliebt, vor allem bei den Jungs, aber auch bei den Dorfbewohnern. Man kannte sie, seit die Mutter mit ihr als damals Dreijährige in die kleine Ortschaft gezogen war.

Lilo liebte ihr dörfliches Zuhause. Sie konnte es sich einfach nicht vorstellen, in einer Stadt zu leben, wo es ihrer Meinung nach zu wenig Natur und zu wenig frische Luft gab, dafür zu viel Gestank und Autolärm. Deswegen war sie der Überzeugung, dass sie da, wo sie war, genau am richtigen Platz sei.

Sie genoss ein sehr freies Leben, denn ihre Mutter hielt nicht viel von strenger Erziehung und so hatte sich zwischen ihnen eine innige Freundschaftsbeziehung entwickelt mit viel Vertrauen und ohne Geheimnisse.

Oberstes Motto von Marta war: Man kann über alles reden. Und so hielt sie es auch mit Lilo. Die konnte in der Tat alles mit ihrer Mutter besprechen. Auch für Marta war das natürlich von Vorteil, denn so wusste sie über das Leben ihrer Tochter Bescheid. Eine Freundschaftsbeziehung eben.

Lilo kam auch bestens mit Ben aus, dem langjährigen Lebensgefährten ihrer Mutter. Er mischte sich kaum in die Erziehung ein und versuchte auch nicht, die Vaterrolle zu übernehmen.

Da ihre Mutter kurze, braune Haare hatte und auch braune Augen, war Lilo der Auffassung, dass sie wohl ihrem Vater ähnlich sehen müsse, den sie leider nie kennen gelernt hatte, weil er gestorben war, als sie noch ein Baby war.

Marta war eine kleine und zierliche, jedoch sehr schrille Person. Sie kleidete sich besonders ausgefallen und hatte fast zu jedem Outfit den passenden Hut und Schmuck. Ihre Kleidung war eine Mischung aus den Kulturen, die sie schon besucht hatte, wie z. B. Guatemala, Spanien und Ägypten.

Ben war ein großer Mann. Er hatte langes, schwarzes Haar und ein kantiges Gesicht mit braunen, großen Augen … und: Er trug Indianerblut in sich, was sein Aussehen deutlich prägte. Seine Wurzeln waren ihm sehr wichtig und auch die Kultur seiner Vorfahren. Er besaß, so wie Marta, eine intensive spirituelle Ader.

Auch wenn beider Größe unterschiedlich war, ergänzten sie sich geistig und mental perfekt.

Kapitel 2

„Gring, Gring, Gring!"

„Der blöde Wecker", hörte man Lilo verschlafen murmeln, während sie mit ihrer rechten Hand nach dem Lärmmacher tastete, um ihn abzuschalten. Sie blieb noch fünf Minuten liegen, um auch ihren Geist wach zu bekommen. Denn der brauchte immer etwas länger.

Als Lilo so dalag und an die Zimmerdecke starrte, die mit Sternbildern wie dem großen und kleinen Wagen verziert war, ging ihre Zimmertür leise auf.

Eine ruhige, gedämpfte Stimme flüsterte ihren Namen. Es war ihre Mutter.

„Lilo! Bist du wach?! Du musst aufstehen, sonst kommst du zu spät in die Schule!"

Lilo hob den Kopf und grinste ihre Mutter an.

„Ja, ich bin wach und komme auch gleich runter. Nur noch einen kleinen Moment."

Marta nickte ihrer Tochter zu und ging wieder hinunter in die Küche, um das Frühstück fertig zuzubereiten. Ohne Frühstück ging ihr nämlich niemand aus dem Haus!

Währenddessen wälzte sich Lilo aus ihrem Himmelbett, das rundherum mit weißen Leinen bezogen war. Lilo war auf keinen Fall ein Morgenmensch. Ihre blauen Augen waren kaum zu sehen, so schwer waren sie vor lauter Müdigkeit aufzubekommen. So taumelte sie, noch halb verschlafen, ins Badezimmer, um sich zu waschen. Kaltes Wasser ins Gesicht war immer gut zum Munterwerden. Aber Lilo ging noch einen Schritt weiter und nahm jeden Morgen eine kalte Dusche, um das gewünschte Ergebnis schnell zu erreichen. Das wirkte immer! Der verlockende Kaffeeduft breitete sich bereits im ganzen Haus aus, er drang bis zu ihr ins Bad. Lilo trabte die Treppe hinunter und lief in die Küche.

Marta und Ben saßen schon am Frühstückstisch und warteten auf sie. Die erste Mahlzeit des Tages war die wichtigste, fand Lilos Mutter, und deswegen war der Tisch gedeckt wie für ein Festmahl. Es gab alles, was das Herz begehrte: Toast, weichgekochte Eier, Wurst, Käse, Obst .... Kaffee und frisch gepresster Orangensaft durften natürlich auch nicht fehlen.

„Guten Morgen, Vietnam", rief sie und lachte.

Marta schüttelte den Kopf: „Du bist vielleicht ein verrücktes Huhn, Mädchen!"

Ben sah Marta an und lachte: „Naja, der Apfel fällt nicht weit vom Stamm."

Während Lilo sich einen Kaffee einschenkte, schaute sie verwegen zu ihrer Mutter. „Siehst du Mutti, ganz deine Tochter, nur in blonder Ausführung!"

„Na, da bin ich ja beruhigt", erwiderte Marta und gab ihrer Tochter einen leichten Klaps auf den Hintern.

„Und, Lilo", fragte Ben, „hast du dir schon überlegt, was wir an deinem siebzehnten Geburtstag unternehmen wollen!?"

„Nein! Da habe ich doch noch Zeit", stammelte Lilo, während sie ein weichgekochtes Ei verputzte. „Außerdem bin ich mir nicht sicher, ob ich überhaupt etwas unternehmen möchte. Ist ja nur der siebzehnte Geburtstag. Nichts Besonderes. Dafür lass ich es dann zu meinem Achtzehnten so richtig krachen", fügte sie lächelnd hinzu und steckte sich noch ein Stück Nektarine in den Mund.

Lilos Mutter wurde jedes Mal, wenn Lilo über ihren Geburtstag sprach, traurig. Als ob sie es eigentlich gar nicht wollte, dass Lilo älter wurde und eventuell einmal ihr Zuhause verlassen würde. Vor Lilo und Ben verbarg sie aber ihr Unbehagen, denn sie wollte nicht, dass die beiden davon etwas mitbekamen.

Jetzt hüpfte Lilo von ihrem Stuhl.

„So, ich muss los, sonst komme ich noch zu spät in die Schule", grinste sie ihre Mutter an, „und das wollen wir doch nicht."

„Nein, das wollen wir nicht", erwiderte Marta lächelnd und reichte ihrer Tochter die Jeansjacke.

Lilo liebte alles, was mit Jeansstoffen zu tun hatte. So war jede Hose in ihrem Schrank eine Jeans, und zwar in jedem Design: klassisch, verwaschen oder zerrissen, dazu jeweils in langer und in kurzer Ausführung. Auch mehrere Jeansjacken besaß sie. Sogar ihre Schuhe, die sie sich in letzter Zeit immer selber nähte, waren aus Jeansstoff.

Kaum hatte sie ihre Schuhe an, rannte Lilo hinaus und schwang sich auf ihr rot-silbernes Fahrrad. Auf dem Rücken ihren Schulrucksack, natürlich auch aus Jeansstoff, radelte sie los. Richtung Schule.

Marta schaute ihr noch nach, wie sie durch die Baumallee flitzte, und ging dann wieder ins Haus, um sich auch für die Arbeit fertig zu machen.

Als Lilo die Allee hinter sich gelassen hatte, radelte sie noch etwa zehn Minuten auf einer Landstraße entlang, die nur von Feldern umgeben war. Das genoss sie immer besonders auf ihrem morgendlichen Weg in die Schule. Die Ruhe vor dem Sturm sozusagen. Es dauerte nicht lange, bis sie das Dorf, in dem auch die Schule stand, erreichte.

Kapitel 3

Heute war ein besonderer Tag.

Ein neuer Schüler sollte in die Schule kommen. Alle waren schon sehr neugierig, wie er aussehen würde. Vor allem die Mädchen. In einer so kleinen Ortschaft kam es nicht allzu oft vor, dass ein neuer Schüler in die Schule kam. Fast so etwas wie ein kleines Weltwunder.

Lilos Freunde, Emely, Tim und Sandra, warteten vor der Schule schon auf sie.

Emely war Lilos beste Freundin. Die beiden waren schon im Kindergarten unzertrennlich gewesen. Tim und Sandra waren in der Grundschule dazukommen.

Emely hatte welliges, rotes, langes Haar. Ihr porzellanartiges Gesicht war mit lauter kleinen Sommersprossen bedeckt und ihre Augen waren grün. Sie war von zierlicher Gestalt und wirkte dadurch sehr zerbrechlich. Aber der Schein trügte, denn jeder, der sie besser kannte, wusste, dass sie einen, wenn sie wütend wurde, mit ihrer Schlagfertigkeit in Grund und Boden reden konnte. Emely hatte anders als Lilo nicht so eine lockere Kindheit gehabt. Ihre Eltern waren sehr streng und lebten Emelys Meinung nach teilweise noch im vorigen Jahrhundert. Deswegen suchte sie sooft sie konnte Zuflucht bei Lilo, die sie um ihr Zuhause beneidete und auch um ihre Mutter und um Ben, was sie gar nicht oft genug zum Ausdruck bringen konnte.

Tim und Sandra waren Zwillinge. Doch wenn man das nicht wusste, kam man nie drauf. Die beiden sahen sich nämlich überhaupt nicht ähnlich. Das Einzige, was beide gemeinsam hatten, war ihr Geburtstagsdatum.

Sandra war ein ruhiges, leicht molliges Mädchen mit braunen Haaren, die ihr bis zum Kinn reichten, und grüngrauen Augen. Tims Haare waren blond und gelockt, wie bei einem Engel, er hatte blaugraue Augen und war groß und sehr schlank, so schlank, dass man ständig das Bedürfnis verspürte, ihm etwas zu essen zu geben. Besonders Lilos Mutter bewirtete Tim immer reichlich, wenn er bei ihnen zu Besuch war.

Sandra war, wie gesagt, eine ruhige Person, während Tim sehr temperamentvoll war und also meistens das Sagen hatte bei den beiden. Das wäre sein Recht, meinte er, weil er vor seiner Schwester das Licht der Welt erblickt hatte und damit der Ältere war. Auch wenn es sich dabei nur um ein paar Minuten gehandelt hatte. Sandra ließ ihren Bruder gewähren, machte aber trotzdem, was sie wollte.

Lilo sah die drei schon von weitem auf der Treppe vor der Schuleingangstür sitzen und warten. Sie winkte ihnen und legte mit ihrem Fahrrad noch einen Zahn zu.

„Guten Morgen! Wartet ihr schon lange auf mich?!", fragte sie, als sie bei ihren Freunden ankam.

„Nein, erst seit gestern, du Schnecke", scherzte Emely grinsend.

Lilo lachte ihrer besten Freundin zu: „Na, du bist aber lustig, du Scherzkeks!"

Tim und Sandra schüttelten den Kopf: „Was sich liebt, das neckt sich", tönten sie fast im Chor.

Tim sah Emely und Lilo an, trat einen Schritt zurück und fragte scherzhaft: „Und ihr zwei seid sicher, dass ihr nicht lesbisch seid!?"

Der Schritt war aber eindeutig nicht groß genug, denn schneller, als er schauen konnte, hatte er von beiden, und zwar links und rechts, einen Klaps auf seinen blondgelockten Hinterkopf bekommen.

Sandra krümmte sich vor Lachen und sah zu Tim, konnte aber vor Lachen kaum reden: „Na, du Hahn im Korb! Wird Zeit, dass du spurst, sonst kann's passieren, dass du noch richtig eine abbekommst!"

Während alle vier so vor sich hinscherzten, rollte ein dunkelblauer Mercedes heran. Der Wagen blieb vor der Schule stehen und die hintere Autotür öffnete sich.

Ein hochgewachsener Junge mit langen, brünetten Haaren stieg aus dem Wagen. Er hatte eine Sonnenbrille auf und war ziemlich lässig gekleidet. Als er an ihnen vorbeistolzierte, grinste er Lilo mit einem breiten Lächeln an und nickte ihr freundlich zu.

Lilo machte große Augen. Sie wusste nicht, was sie davon halten sollte. Schließlich kannte sie diesen frechen Kerl nicht. Emely gab Lilo einen leichten Stoß und sagte: „Das ist sicher der Neue! Wow, der sieht ja richtig gut aus! Kommt wir gehn in die Klasse, dann werden wir's ja gleich wissen."

Die vier machten sich auf den Weg Richtung Klasse und setzten sich auch sofort auf ihre Plätze. Tim saß mit seiner Zwillingsschwester zusammen und Lilo mit E-mely.

Die meisten Jugendlichen waren schon da. Auch Dagmar, die viele für eine verwöhnte, eingebildete Tussi hielten. Sie hatte eine super Figur, ihre Haare waren schwarz und reichten ihr bis zum Hintern. Dagmars Eltern waren stinkreich und deswegen glaubte sie, ihr gehöre die ganze Gemeinde mit all den Bewohnern, besonders der Jugend darin. Sie hatte das Sagen in der Klasse und kaufte sich ihre Freunde. Wenn einer aus der Reihe tanzte, dann hatte der nichts zu lachen. Das war auch der Grund, warum sie und Lilo nicht miteinander auskamen, denn Lilo und ihre Freunde ließen sich so einen Unsinn nicht gefallen und ordneten sich dieser Dagmar-Diktatur einfach nicht unter.

Doch das war nicht der einzige Grund für Dagmars Abneigung Lilo gegenüber: Lilo war von den beiden die weitaus Hübschere und hatte eine viel größere und positivere Ausstrahlung. Das ärgerte Dagmar natürlich ungemein, denn Ausstrahlung ließ sich nicht kaufen.

Lilo wusste Bescheid über Dagmars Ärger und es schmeichelte ihr irgendwie. Sie war auch der Meinung, dass man sich die wichtigen Dinge im Leben nicht kaufen konnte.

Nach und nach füllte sich die Klasse.

Und da stand er plötzlich vor der Tafel, der Neue, und schaute seine Mitschüler durch seine Sonnenbrille hindurch an. Herr Krammer, der Klassenlehrer, bat ihn, sich vorzustellen und die Sonnenbrille abzunehmen, was der Neue auch tat. „Mein Name ist Caspar Weiss und ich bin Austauschschüler aus Kapstadt, Südafrika. Meine Eltern sind Österreicher und waren der Meinung, ich sollte einmal in meinem Leben sehen, wo meine Wurzeln sind."

Lilo glaubte, ihren Augen nicht zu trauen, als sie plötzlich feststellte, dass Caspar die gleiche Augenfarbe hatte wie sie! Auch diese ungewöhnliche blaue Marmorfarbe. Und sie war offensichtlich nicht die Einzige, der das aufgefallen war: Die ganze Klasse, samt Lehrer, hatte es bemerkt. Alle starrten Lilo und Caspar verwundert an, als wären sie Aliens.

Lilo war das furchtbar peinlich. Sie hasste es, im Mittelpunkt zu stehen, und so senkte sie ihren inzwischen rot gewordenen Kopf.

Emely wandte sich ihr zu: „Seid ihr zwei verwandt?"
Lilo schüttelte wortlos den Kopf: „Nicht dass ich wüsste, und hör auf damit, es reicht schon, dass alle so komisch schauen!"

Währenddessen hatte sich Caspar auf den einzigen freien Platz in der Klasse gesetzt, und der war ausgerechnet hinter Lilos und Emelys Bank.

Lilo bekam an diesem Tag nicht sehr viel vom Lernstoff mit. Sie hoffte nur, dass der Unterricht bald vorüber wäre.

Kapitel 4

Als die Glocke endlich läutete, hüpfte Lilo ohne nach links und rechts zu schauen von ihrem Platz und stürmte aus der Schule. Sie stieg auf ihr Fahrrad und raste wie auf der Flucht zum Buchladen ihrer Mutter.

Am Nachmittag half Lilo ihrer Mutter immer im Laden aus. Sie war zuständig für die Geschichten, die sie den Kindern in der Märchenstunde vorlas. Es kamen regelmäßig sehr viele Kinder, um Lilo zuzuhören, denn das Vorlesen beherrschte sie genauso gut wie Marta.

Wenn Lilo Geschichten vorlas, hatte man das Gefühl, live dabei zu sein. Die Märchen, die sie vorlas und erzählte, waren nicht die typischen Geschichten. Es waren Märchen aus allen Kulturen der Welt. Am meisten verlor Lilo sich in den alten Indianermärchen, in denen das Gleichgewicht der Welt im Vordergrund stand. Wie beispielsweise das Märchen, als die Tiere beschlossen, den Menschen zu helfen ihren Platz auf der Erde zu finden und zu überleben.

„Hallo, mein Kind", begrüßte Marta ihre Tochter. „Wie war die Schule heute? Und ist der Neue gekommen? Neugierde befriedigt?!"
Lilo erwiderte etwas gereizt: „Ja, ist er! Aber so interessant ist das auch wieder nicht und außerdem habe ich keine Zeit, mich mit dir darüber zu unterhalten. Nicht böse sein, aber ich muss noch eine Geschichte heraussuchen, die ich den Kindern heute vorlesen möchte."

Marta war überrascht. So ein Verhalten passte gar nicht zu Lilo, sonst redete sie immer wie ein Wasserfall und erzählte noch die klitzekleinste Neuigkeit.

„Was ist los mit dir? Hattest du wieder Stress mit Dagmar!?", fragte sie Lilo. „Nein, du weißt doch, dass mir diese Person den Buckel runterrutschen kann", erwiderte Lilo grantig, während sie schon in der Leseecke saß und die Bücher durchstöberte.

Marta setzte sich neben ihre Tochter und nahm ihre Hand: „Schau mich an und sag endlich, was los ist!" Da konnte Lilo nicht mehr anders und fing an zu erzählen: „Es geht um den Neuen. Sein Name ist übrigens Caspar und er kommt aus Südafrika. Du, Mutti, haben wir Verwandte in Südafrika?"

Marta schaute ihre Tochter verblüfft an und schüttelte den Kopf: „Davon ist mir nichts bekannt. Warum willst du das wissen?" „Na weil dieser Caspar genau die gleiche Augenfarbe hat wie ich und das war natürlich das Highlight heute in der Klasse. Voll peinlich! Alle haben mich angestarrt und jetzt sitzt diese Person auch noch hinter mir. Bei meinem Glück." Lilo fuhr fort: „Ich habe noch nie in meine eigenen Augen gesehen. Außer im Spiegel. Ein komisches Gefühl!"

Marta schaute ihre Tochter mit großen Augen an und wollte gerade eine Erklärung abgeben, als Emely, Tim und Sandra in den Buchladen stürmten. „Wieso bist du so schnell davongelaufen?", fragten alle drei wie aus einem Munde. „Na deswegen!", entgegnete Lilo mürrisch und zeigte auf die Bücher. „Weswegen?", fragte Emely und schaute Tim und Sandra fragend an. Lilo blickte aus ihrer Leseecke zu ihren Freunden auf: „Weil ich noch ein Buch aussuchen muss, das ich den Kindern heute vorlesen möchte. Also, ihr seht doch, dass ich zu tun habe!"

Emely, Tim und Sandra sahen Marta an und warteten umsonst auf eine Bestätigung von ihr. Tim setzte sich zu Lilo und sagte: „Das magst du auftischen, wem du willst, aber nicht uns, deinen Freunden. Das nehmen wir dir nicht ab. Wir wissen genau, warum du so fluchtartig die Schule verlassen hast!"

„Genau", fügte Sandra hinzu: „Das war dir heute peinlich wegen … wie heißt er noch mal? … ach ja, Caspar. So eine Sensation ist das auch wieder nicht, dass ihr zwei die gleiche Augenfarbe habt. Also mach nicht so ein Drama daraus!"

„Mach ich ja gar nicht!", gab Lilo etwas einge-schnappt von sich.

Emely kannte ihre Freundin viel zu gut, deswegen wusste sie auch, dass es jetzt keinen Sinn machte, mit ihr darüber reden zu wollen. Sie hatte nämlich schon öfter die Erfahrung gemacht, dass man Lilo besser in Ruhe ließ, wenn sie so abweisend reagierte. Darum sah Emily jetzt zu Tim und Sandra und meinte: „Kommt, wir gehen. Wir lassen Lilo jetzt ihre Arbeit machen. Ihr seht doch, dass sie viel zu tun hat!" Bei diesem Satz nickte Emely Lilo verständnisvoll zu und Lilo schaute ihrer Freundin dankend hinterher, als diese mit Tim und Sandra zur Tür hinausging.

Während Lilo mit ihren Freunden diskutierte, hatte Marta die Leseecke verlassen und sich wieder an ihre Arbeit gemacht, sodass die beiden bis Ladenschluss nicht mehr über die Sache sprachen.

Zum Feierabend dann packte Marta das Fahrrad ihrer Tochter in ihren tannengrünen Geländewagen, denn es schien ihr, als sei heute so ein Tag, an dem Lilo lieber mit ihr zusammen im Auto Richtung Heimat fahren würde.

Zu Hause angekommen, verkrümelte Lilo sich sofort in ihr Zimmer und war bis zum nächsten Morgen nicht mehr zu sehen.

Sie lag abends lange wach und stellte sich vor, wie der nächste Tag wohl verlaufen würde. Sie hasste nichts mehr, als unfreiwillig im Mittelpunkt zu stehen, und das war so eine Situation.

Ben war schon zu Hause gewesen, als die beiden heimgekommen waren, und es hatte ihn überrascht, dass Lilo so schnell und vor allem ohne Worte in ihr Zimmer gerannt war. Er sah Marta an: „Was ist los mit deinem Kind?" „Ach, eine komische Geschichte in der Schule. Der neue Mitschüler soll angeblich die gleiche Augenfarbe wie Lilo haben und das hat offenbar für Stimmung in der Klasse gesorgt!", erzählte Marta. „Du kennst sie doch."

Ben musste lachen: „Oje! Na, das hat ihr bestimmt gar nicht gefallen, so ungewollt im Mittelpunkt zu stehen!" Marta nickte: „Du sagst es!"

Bei einem Glas Wein sprachen die beiden noch eine Weile miteinander, erzählten sich, wie ihr Tag verlaufen war und was sie erlebt hatten, um dann auch bald schlafen zu gehen.

Kapitel 5

Als Marta am nächsten Morgen erwachte, durchzog ein wunderbarer Kaffeeduft das Haus.

Lilo war extra sehr zeitig aufgestanden, um ihrer Mutter eine Freude zu machen. Sie hatte am Abend vorher noch lange wachgelegen und über alles nachgedacht. Irgendwann war sie dann nach angestrengtem Grübeln zu dem Entschluss gekommen, dass diese ganze Sache nur wichtig sei, wenn sie sie selbst wichtig nehmen würde. Also am besten ganz normal bleiben und vor allem cool sein. Das hatte sie sich vorgenommen und so ging sie in den Tag.

Lilo bereitete das Frühstück genauso reichhaltig zu wie ihre Mutter. Es sollte nichts fehlen. Sie war noch beim Tischdecken, die Eier durften nicht zu hart werden im heißen Wasser, da stand Marta mit einem Grinsen schon hinter ihr: „Hey, mein Kind. Einen guten Morgen wünsche ich dir! Wie komme ich denn zu dieser Ehre?"

Marta wusste, dass sich ihre Tochter jetzt für einen Weg entschieden hatte, mit dieser für sie unangenehmen Situation umzugehen. In solchen Situationen machte sie sich gern im Haushalt nützlich. Es war nicht immer das Frühstück, manchmal auch die schmutzige Wäsche oder der Rasen, der gemäht werden musste. Das war dann wie ein Ritual für Lilo, um ihren Entschluss zu besiegeln.

„Was heißt da, wie komme ich zu dieser Ehre?!", entgegnete Lilo.

Marta grinste ihre Tochter an: „Das brauchst du gar nicht zu erklären, mein Kind. Ich weiß schon, warum du so ein fleißiges Bienchen bist! Hast dich wohl entschieden, wie du vorgehen wirst mit deiner neuen Erkenntnis!"

Lilo lachte Marta an. „Du kennst mich wirklich gut! Stimmt, ich habe mich entschieden, nämlich, dass das mit Caspar nur wichtig ist, wenn *ich* es wichtig nehme, und genau das werde ich nicht tun. Mir doch egal, ob dieser Typ die gleiche Augenfarbe hat wie ich, außerdem, was kann der denn dafür, warum sollte er das nicht haben dürfen?!" Marta stimmte ihrer Tochter zu und schenkte sich Kaffee ein.

Jetzt kam auch Ben in die Küche, schaute Mutter und Tochter an und murmelte noch verschlafen: „Guten Morgen! Ist die Welt wieder in Ordnung?" Beide lächelten ihn an und nickten zustimmend. Ben grinste zurück: „Na, dann passt ja wieder alles!"

Alle drei frühstückten ausgiebig und gingen dann an ihr Tagwerk. Lilo fuhr in die Schule und Marta und Ben gingen zur Arbeit.

Noch auf dem Fahrrad redete sich Lilo fest ein, sich ganz normal zu verhalten, cool sein eben! Weil Lilo so versunken war in ihre Gedanken, nahm sie an diesem Morgen den Weg gar nicht so richtig wahr, und da stand sie auch schon vor der Schule.

Lilos Schule war nicht groß, dafür aber lang. Schließlich musste ja allerhand hineinpassen: nicht nur Klassen- und Lehrerzimmer, sondern auch ein Turnsaal und ein Theaterraum. Das Gebäude hatte eine leicht rosa Farbe und die Fenster waren weiß umrandet.

Weite, graue Betontreppen führten in das Gebäude hinein. Die Eingangstür war breit und aus Glas. In der Eingangshalle stach sofort ein riesiges Mosaikbild ins Auge. Es lag der Glaseingangstür genau gegenüber, wodurch das Tageslicht auf das Bild fiel. Links daneben streckte sich ein Gang aus, in dem sich die Klassenzimmer befanden. Genauso sah es eine Etage darüber aus. Rechts vom Mosaikbild aus gesehen befanden sich das Lehrer- und Direktorzimmer sowie der Turnsaal und der Theaterraum. Hinter dem Schulgelände versteckte sich noch ein Fußballplatz.

Lilo stellte ihr Fahrrad ab, atmete tief durch und ging hinein. Dort war das Leben schon voll im Gange. Sie ging links am Mosaikbild vorbei bis zum Ende des Ganges, wo sie dann in ihrem Klassenzimmer verschwand. Emely, Sandra und Tim saßen schon auf ihren Plätzen und unterhielten sich mit Caspar.

Lilo traute ihren Augen nicht. „Klasse, genau das habe ich gebraucht", dachte sie. „Jetzt machen meine Freunde auch noch gemeinsame Sache mit dem Feind!" Sie setzte ihr Pokerface auf und steuerte ihren Platz an. „Guten Morgen", sagte sie komplett selbstbewusst und komplett anders als sonst.

Emely, Sandra und Tim schauten Lilo an und mussten sich dabei das Lachen verkneifen. Nur Caspar grinste und erwiderte Lilos Gruß. Im war nichts Ungewöhnliches aufgefallen. Er kannte Lilo ja nicht.

Lilo schaute ihre Freunde böse an, als auch schon die Schulglocke zum Unterrichtsbeginn läutete. „Euer Glück!", stammelte Lilo noch schnell und setzte sich auf ihren Platz.

Die erste Stunde war Religion. Lilo mochte dieses Unterrichtsfach. Sie fand es äußerst interessant und wichtig, auch etwas über andere Religionen zu erfahren. Heute stand aber kein Unterricht in diesem Sinne auf dem Plan. Frau Hecht, ihre Lehrerin, wollte sich mit dem Fabelwesen Engel beschäftigen.

Die Begeisterung darüber hielt sich jedoch bei den Jugendlichen in Grenzen. Während die einen das Thema super fanden, waren die anderen nicht besonders enthusiastisch. Sie bezeichneten das Ganze als Märchenstunde. Und so entstand noch bevor es richtig losging eine lebhafte Diskussion unter den Jugendlichen, was aber genau im Sinne der Lehrerin war.

Dagmar war die Erste, die sich lautstark äußerte: „Engel?! Wer glaubt denn an so was!? Was soll das? Soll ich jetzt auch noch an das Christkind glauben!? Reine Zeitverschwendung, über so was zu diskutieren, wenn ihr mich fragt!" Als sie fertig war, fuhr sie sich mit ihrer Hand selbstbewusst durch ihr langes, schwarzes Haar und lehnte sich arrogant zurück. Sie hielt sich eben für die Beste.

Nora, Dagmars engste Freundin oder Dienerin, wie manche meinten, stimmte ihrer Herrin zu. Nora war sehr klein und ziemlich dick. Sie hatte halblanges, rotbraunes Haar und graubraune Augen. Die beiden waren miteinander verwandt und das war wohl auch der Grund, warum Dagmar sich überhaupt mit Nora abgab. Außerdem gefiel ihr, dass Nora alles tat, was sie wollte und ihr immer zustimmte. Wie eine Dienerin eben. Also wunderte es niemanden in der Klasse, dass Nora auch jetzt wieder auf Dagmars Seite war.

Caspar schaute Dagmar an und sagte: „Also, ganz ehrlich! Mich interessiert das Thema durchaus! Und wenn es Engel wirklich gibt, frage ich mich, ob es auch solche Wesen gibt, die teilweise Mensch und teilweise Engel sind, so wie Kinder von Engeln und Menschen!"

„Das ist wirklich ein guter Gedanke, Caspar!", sagte Frau Hecht. „Wer von euch will dazu etwas sagen oder fragen?" Da sich niemand meldete, sprach Caspar Lilo an: „Was sagst du eigentlich zu diesem Thema? Kannst du dir so was vorstellen?!"

„Na super, das macht der sicher mit Absicht", dachte Lilo, als sie sich zu ihm umdrehte. „Was soll ich zu diesem Thema schon sagen. Nein, ich kann mir das nicht vorstellen. Habe über so was auch noch nie nachgedacht. Zufrieden!?"

In Wirklichkeit hatte Lilo natürlich schon sehr oft über solche Sachen nachgedacht. Sie glaubte ganz fest daran, dass es noch mehr gab als nur den Menschen und das, was er wahrnahm. Lilo liebte solche mystischen Themen außerordentlich. So wie bei den alten Kulturen und deren Göttern und Geistern. Aber diese Leidenschaft konnte sie natürlich hier vor Caspar und der ganzen Klasse nicht zugeben. Sie wollte es unbedingt vermeiden, wieder unfreiwillig Gesprächsthema zu sein, und hatte deswegen Zuflucht zu dieser Schwindelei genommen.

Lilo konnte den Ausdruck auf Caspars Gesicht nicht sehen, weil sie sich schnell wieder umdrehte. Aber irgendwie konnte sie doch spüren, wie er sich gerade fühlte.

Caspar gefiel Lilos Antwort nicht, aber fürs Erste ließ er sie so stehen und sagte nichts dazu.

Kapitel 6

In der Mittagspause gingen Lilo, Emely, Sandra und Tim in den Speiseraum. Da gab es gutes Essen, das nicht teuer war, angepasst an die Schüler eben. Die vier setzten sich an den freien Tisch an der Ecke.

Das mit den freien Tischen im Speiseraum, das war so eine Sache. Es gab nicht so viele davon, deswegen hatten sich die Freunde ein Verfahren ausgedacht, um den Tisch nicht wieder zu verlieren: Zuerst gingen Sandra und Tim sich Essen holen, während Emely und Lilo den Tisch besetzt hielten. Danach waren sie dran.

Immer konnte man aus drei Gerichten wählen. An diesem Tag gab es Wiener Schnitzel mit Kartoffelsalat, Kaiserschmarren mit Apfelkompott und Gulasch mit Hörnchen und Semmel. Lilo und Emely nahmen das Wiener Schnitzel, Sandra den Kaiserschmarren und Tim entschied sich für das Gulasch. Er liebte Gulasch.

Während sie genussvoll ihr Essen verspeisten, besprachen sie, was sie später noch anstellen könnten. Um 15 Uhr war der Unterricht vorbei und Lilo musste nicht im Buchladen ihrer Mutter helfen. Heute war ihr freier Tag und damit Zeit für Freunde.

Tim verputzte den letzten Löffel Gulasch, während er vorschlug: „Falls ihr noch keine Einfälle habt für heute, ich hätte einen?! Es ist so ein schöner Tag, wir könnten doch zu Lilos Teich in das Wäldchen fahren."

„Ja!", begeisterte sich Sandra. „Das ist eine gute Idee. Wir könnten auf dem Floß liegen und uns sonnen oder Fische füttern. Wir könnten aber auch einfach nur spazieren gehen und die Tiere beobachten. Was sagt ihr dazu?", wandte sie sich an Lilo und Emely. Die beiden stimmten zu, somit war es beschlossene Sache.

In diesem Moment setzte sich Caspar auf den letzten freien Stuhl am Tisch. „Na, schon fertig gespeist? Ich habe das Gulasch genommen, das war wirklich sehr gut, muss ich zugeben", versuchte Caspar ein Gespräch anzufangen. „Was habt ihr euch denn ausgesucht?" Tim grinste Caspar an: „Ich habe mir auch das Gulasch munden lassen! Hat echt gut geschmeckt, da muss ich dir Recht geben." Und schon war das Eis gebrochen.

Tim mochte Caspar irgendwie. Vielleicht lag es daran, dass Caspar auch ein Junge war. Tim hatte zwar überhaupt kein Problem damit, seine Zeit vor allem mit Mädchen zu verbringen, dennoch war Caspar auf jeden Fall eine erfrischende Abwechslung für ihn. Und so geschah, was geschehen musste. Tim lehnte sich zu Caspar: „Hast du Lust, heute den Nachmittag mit uns zu verbringen? Wir gehen zu Lilos Teich."

Lilo schaute hilflos in die Runde. Emely merkte sofort, dass das ihrer Freundin nicht gefiel, aber jetzt war es zu spät. Caspar nahm die Einladung dankend an. Am liebsten wäre Lilo jetzt einfach in den Buchladen gefahren. Aber dann hätte sie ihr Gesicht verloren und außerdem wäre das wieder eine Art von Davonlaufen gewesen. Damit löste man nun mal keine Probleme! Aus diesem Grund entschloss sie sich, diesen Nachmittag einfach durchzustehen. So schlimm wird es ja schon nicht werden, redete sie sich ein.

Die fünf Teenager mussten noch zwei Stunden in der Schule absitzen, dann hatten sie's geschafft: Schulschluss!

Caspar wartete mit seinem Fahrrad bereits vor der Schule, als die anderen herauskamen. „Los geht's", rief er ihnen zu: „Ich bin schon ganz neugierig auf den Teich. Ich liebe die Natur!"

Tim, Sandra, Emely und Lilo rannten zu ihren Fahrrädern, schwangen sich in die Sattel und schon ging's los. Tim fuhr voraus. Sie radelten aus dem Dorf hinaus, die Freilandstraße entlang. Links und rechts lagen Felder. Sie fuhren etwa fünf Minuten, bis sie von der Freilandstraße abbogen und einen Feldweg entlangradelten, der auf beiden Seiten befahrbar war, wegen des hohen Grases aber nicht in der Mitte. Die Jugendlichen fuhren eine Weile auf diesem Weg, bis das Wäldchen direkt vor ihnen lag. Genau da wollten sie hin: in den österreichischen Dschungel.

Endlich kamen sie an Lilos Teich. Dort war man mitten in der Wildnis. Ein Eichelhäher kündigte die Eindringlinge an, von woanders hörten die Teenies das Laub rascheln; wahrscheinlich scharrte oder wühlte dort irgendein Tier.

Der Teich selbst war nicht allzu groß, dafür schaute er sehr verwunschen aus, schon fast magisch. Wenn man am Ufer stand und auf das Wasser schaute, konnte man das Spiegelbild der Baumkronen beobachten, das dem Wasser einen leuchtend grünen Schimmer verlieh. In der Mitte des Teiches lag ein Floß, von dem aus eine Kette zu einem alten Klappstuhl aus Eisen führte, den irgendjemand im Teich versenkt hatte. Um sicherzugehen, dass er auch lange als Anker dienen würde, hatte man ihn noch mit einer Platte aus Waschbeton beschwert. So lag das Floß also fest verankert und sicher.

Der Teich war bis auf eine Seite ganz von Schilf umwachsen. Auf der freien Seite stand ein Wohnwagen, der mit einer Tarnfarbe gestrichen war, sodass er besser in die grüne Wildnis passte.

Lilo kam hierher, wenn sie mal Ruhe brauchte oder einfach nur die Seele baumeln lassen wollte. Sie liebte diesen Ort. Immer setzte sie sich dann auf die Stufen, die zum Wasser führten, und fütterte „ihre" Fische. Es waren hauptsächlich Karpfen und manchen von ihnen, den auffälligsten Charakteren, hatte Lilo Namen gegeben.

Caspar stand am Ufer und schaute auf das Floß. Ihm gefiel, was er sah: Alles war so unberührt, fast vollkommen. „Du hast dir da wirklich ein schönes Stückchen Erde ausgesucht, Lilo", schaute er sie an. „Das gefällt mir. Fast wie im Himmel!" Lilo lächelte Caspar an. „Ja, es ist echt super hier. Ich bin richtig froh, dass ich hier sein darf!" Caspar erwiderte Lilos Lächeln.

Auf einmal hörte man Sandras Stimme: „Kommt, fahren wir zum Floß. Lilo, hol das Ruder!" Sandra stand schon im braunen Holzboot und hielt sich an einem Ast fest, um nicht davonzutreiben.

Lilo hatte den Schlüssel für den Wohnwagen, in dem das Ruder lag. Sie holte es und ab ging's. Zu fünft war es zwar ein wenig eng auf dem Boot, aber wenn sie zusammenrutschten, würde es schon irgendwie gehen.

Tim saß am Ruder und nahm somit allein eine kleine Bank an der Rückseite des Bootes ein. Für die anderen hieß das Zusammenrücken, denn es gab nur noch zwei weitere Bänke. Die waren zwar etwas länger als die Bank von Tim, aber auch nicht die Welt.

Emely und Sandra setzten sich ganz schnell zusammen. So schnell, dass Lilo gar keine Chance hatte zu reagieren. Und da war er wieder, Lilos böser Blick, der ihr jetzt aber nicht viel half. Es blieb ihr nichts anderes übrig, als sich mit Caspar zusammenzusetzen, an sich ja auch kein Problem, wären die Bänke etwas länger gewesen. Waren sie aber nicht.

Caspar saß schon auf seinem Platz, als Lilo immer noch mit großen Augen dastand. Tim drängte Lilo: „Willst du dich nicht setzen, sonst kann das Traumschiff nicht ablegen!" Da hatte Lilo keine andere Wahl, als sich neben Caspar zu setzen, der sie mit einem breiten Lächeln angrinste.

Tim ruderte wie ein Irrer und versuchte dabei irgendwelche Seemannslieder zu singen, was für die anderen kein Vergnügen war, denn Tim konnte zwar vieles, Singen jedoch war nicht darunter.

Die fünf ruderten mit dem Boot noch eine Weile auf dem Teich herum, bevor sie das Floß ansteuerten. Während Sandra, Emely, Caspar und Lilo vom Boot auf das Floß kletterten, band Tim sein Traumschiff mit einem Seil am Floß fest.

Das Floß war groß. Man hatte genug Platz, auch zu fünft. Lilo mochte es, hier zu liegen. Da hatte man einen super Blick auf den gesamten Teich, außerdem waren die sanften Schaukelbewegungen des Floßes sehr beruhigend.

Sandra und Emely positionierten sich genau in die Mitte des Floßes und ließen sich ihre Gesichter von der Sonne streicheln. Tim legte sich zu ihnen. Lilo setzte sich auf den Rand des Floßes und schaute angestrengt ins Wasser. „Suchst du was?", fragte Caspar und hockte sich neugierig neben sie.

Lilo schaute Caspar an und erwiderte, „Ja, meine Fische." „Deine Fische? Wie soll ich das verstehen?" „Wie!? Wie sollst du das verstehen. Meine Fische halt. Was verstehst du daran nicht?!", zischte sie ihn an. Caspar machte große Augen. „Habe ich dir irgendwas getan, dass du so aggressiv bist? Wenn ja, dann tut es mir leid, das war nicht meine Absicht."

„Nein, hast du nicht. Es tut mir auch leid, wenn ich ein wenig schroff zu dir war, so bin ich immer bei Fremden", entschuldigte sich Lilo grinsend bei Caspar.

Sie erklärte ihm nun, dass einige ihrer Fische Namen hatten, weil man sie aufgrund ihres Charakters sofort wiedererkannte. Einer von ihnen hieß Charlie. Der war der größte Karpfen und das wusste er auch! Die anderen hießen Wilma, Frieda und Chantal.

Andere Leute hatten eine Katze oder einen Hund, Lilo hatte eben ihre Fische und andere Tiere, die den Teich als ihre Heimat bezeichneten: zum Beispiel dieses Eisvogelpärchen, das Lilo immer wieder beobachtete. Die hatten natürlich auch Namen. Sie hießen Chepetto und Chepetta.

Caspar hörte Lilo aufmerksam zu. Er fand es hochinteressant, wie Lilo ihr bisheriges Leben verbracht hatte. Er wollte alles über sie wissen: wo sie lebte, wer alles zu ihrer Familie gehörte, wie die so war und vieles mehr. Die beiden unterhielten sich noch eine Weile.

Lilo fühlte sich sehr wohl in Caspars Nähe. Es schien ihr fast so, als ob sie ihn hören konnte, auch wenn er nichts sagte. Wie eine leise Stimme in ihrem Kopf, die mit ihr redete. Dieses Gefühl war Lilo nicht fremd, sie fühlte es oft. Besonders bei Menschen, die ihr sehr nahestanden. Doch bei Caspar spürte sie es viel intensiver als sonst, fast so, als wäre er ein Seelenverwandter.

Der Nachmittag neigte sich langsam seinem Ende zu und die Sonne hatte es schon eilig unterzugehen. Zurück am Ufer, setzten sich die fünf Jugendlichen auf ihre Räder und fuhren Richtung Heimat. Im Ort angekommen, waren Tim und Sandra die Ersten, die abbogen. Ihr

Haus war das erste der Ortschaft, von der Richtung gesehen, aus der sie kamen. Sie winkten den anderen noch zu, bevor sie im Haus verschwanden.

Emely, Caspar und Lilo fuhren noch ein paar Minuten zusammen die Hauptstraße entlang, bis auch Emely die Gasse zu ihrer Rechten ins Visier nahm. Das vierte Haus dort war ihres. Caspar und Lilo warteten noch, bis Emely beim Haus war, und fuhren dann weiter. Lilo hatte den längsten Weg. Caspar begleitete sie nach Hause, so wie es sich seiner Meinung nach für einen echten Mann gehörte.

Als beide so dahinradelten, sagte Lilo: „Eigentlich ist das doch unfair." Caspar sah Lilo fragend an „Was ist unfair?" „Na, dass du heute so viel von mir erfahren hast und ich weiß gar nichts über dich", grinste sie ihn an. Caspar fing an zu lachen: „So stimmt das aber nicht! Du weißt schon etwas von mir. Zum Beispiel, dass ich Caspar heiße und aus Südafrika komme." Lilo sah Caspar neckisch an: „Du bist vielleicht witzig. Aber jetzt Spaß beiseite. Erzähl mir alles über dich, ich will alles wissen."

Caspar fühlte sich sehr geschmeichelt und glücklich darüber, dass Lilo so großes Interesse an seiner Person zeigte und an seinem Leben. „Wenn du willst, erzähle ich dir alles, aber nicht heute. Heute ist es schon zu spät, aber wir können uns ja öfter treffen und jedes Mal erzähle ich dir ein wenig mehr von mir." Lilo stimmte freudig zu: „Das machen wir. Das ist ausgemacht!"

Die beiden waren so mit Reden beschäftigt, dass sie im Handumdrehen vor Lilos Haus standen. Noch nie war ihr die Strecke so kurz wie an diesem Abend vorgekommen. Lilo verabschiedete sich von Caspar und rannte zum Haus. Vor der Haustür drehte sie sich noch einmal um und winkte ihm zu. Caspar winkte ihr auch und fuhr zurück ins Dorf, wo er bei einer Gastfamilie eine Unterkunft hatte.

Lilo ging ins Haus, zog sich die Schuhe aus und gesellte sich zu Marta und Ben, die in der Küche saßen. Marta sah ihre Tochter an und fragte: „Was ist denn mit dir los?" Lilo machte große Augen: „Wieso?! Mit mir ist alles in bester Ordnung", flötete sie, sah ihre Mutter an und konnte beobachten, dass sich in Martas Gesicht ein Grinsen breitmachte.

„Was?" – „Ach nichts", grinste Marta weiter, „du bist so fröhlich, man könnte fast meinen, dass du dich verliebt hast, mein Kind."

Es stimmte, Lilo fühlte sich beschwingt und irgendwie glücklich, aber das konnte sie auf keinen Fall zugeben. Und so stritt sie diesen Verdacht intensiv ab: „Das bildest du dir ein. Das stimmt nicht. Wir hatten heute einfach einen tollen Tag. Sonst nichts." Mit diesen Worten machte sie auf dem Absatz kehrt und lief hinauf in ihr Zimmer, um dieser peinlichen Situation zu entkommen. Sie legte sich gleich ins Bett, schaute auf ihre Sternendecke und dachte an Caspar und an den schönen Tag.

Bis sie einschlief.

Kapitel 7

Am nächsten Morgen war Lilo schon vor dem Weckerläuten munter, was sonst nie vorkam! Sie konnte es gar nicht erwarten, in die Schule zu fahren. Vorher jedoch nahm sie sich noch besonders viel Zeit und machte sich extra schön, was für sie nicht bedeutete, sich mit Schminke vollzukleistern, sondern einfach modische, ausgefallene Klamotten zu tragen. Da musste dann alles zusammenpassen: lässige Jeans, modisches Oberteil, schicke Schuhe.

In der Schule angekommen, ging sie sofort ins Klassenzimmer. Emely, Tim und Sandra waren schon da, Caspar noch nicht. Das trübte Lilos gute Laune nur kurz, denn da stand er auch schon hinter ihr.

„Guten Morgen, Lilo", hauchte er ihr in den Nacken, zwängte sich an ihr vorbei und setzte sich auf seinen Platz. Lilo stand immer noch wie angewurzelt an der gleichen Stelle, sie hatte Caspars Nähe gespürt, noch bevor er etwas gesagt hatte. Caspar saß jetzt auf seinem Stuhl und schaute Lilo zärtlich an, so als ob er Bescheid wüsste über ihre Gedanken. Das fand Lilo so anziehend an ihm.

Die Schulglocke holte sie wieder in die Realität zurück und zwang sie, sich von ihren Gedanken loszureißen. Sie setzte sich auf ihren Platz und da fing der Unterricht auch schon an. Lilo bekam jedoch nur wenig mit. Sie war in Gedanken die ganze Zeit bei Caspar und fühlte sich ihm so verbunden, dass sie meinte, seine Gedanken förmlich hören zu können.

In der ersten Pause lehnte sich Caspar nach vorn zu Lilo: „Hast du heute Nachmittag schon was vor? Wenn nicht, dann könnten wie ja wieder zum Teich fahren."

Lilo drehte sich um und lächelte ihn an: „Ich habe heute leider keine Zeit. Ich muss in den Buchladen. Heute ist Lesestunde. Tut mir leid. Ich würde ja gern, aber heute geht es leider nicht." „Wie wär's, wenn ich mitkomme?" Lilo hatte zuerst Bedenken, wenn sie sich auch über Caspars Idee freute. „Ja klar, warum nicht", stimmte sie ihm dann doch zu.

Emely grinste Lilo an: „Na endlich", flüsterte sie ihrer besten Freundin ins Ohr, „Ich wusste es von Anfang an." „Was?", fragte Lilo betont unschuldig. „Na dass du Caspar magst. Schon allein, weil er die gleiche Augenfarbe hat wie du. Du brauchst es gar nicht abzustreiten, ich kenne dich."

Lilo hatte gar nicht vor, das abzustreiten, aber hier wollte sie nicht über so was reden, noch dazu, wo Caspar direkt hinter ihnen saß und alles hören konnte. Auch wenn sie ganz leise flüstern würde, sie war sich irgendwie sicher, dass er sie hörte. Das spürte sie.

Noch in Gedanken, vernahm sie wieder Emelys Stimme: „Na macht ja nichts, morgen musst du mir aber alles erzählen. Da komm ich zu dir, dass du's weißt."

Lilo hatte das Gefühl, dass der Schultag gar nicht zu Ende gehen wollte, lauter Stunden, die sie nicht vom Hocker rissen, bis auf Kunst, was sie doch noch vor dem totalen geistigen Komaanfall rettete. Endlich war es so weit: Die Schulglocke läutete und damit war die Schule für diesen Tag geschafft.

Lilo und Caspar verabschiedeten sich nach einem kurzen Smalltalk von den anderen und fuhren zusammen zu Martas Buchladen.

Lilos Mutter hatte schon gewartet und traute jetzt ihren Augen nicht, als sie sah, wen ihre Tochter da im Schlepptau hatte. Ihr Gesicht bekam einen harten Ausdruck und für einen kurzen Augenblick wurde sie ganz blass. Sie schaute Caspar mit großen Augen, fast schon hypnotisiert an.

„Mutti, alles in Ordnung mit dir?", fragte Lilo ungläubig. „Du siehst aus, als hättest du gerade ein Gespenst gesehn." Da kam Marta wieder zu sich: „Nein, mein Kind, mir geht's gut. Alles in bester Ordnung. Mir war gerade nur etwas komisch, das habe ich heute schon den ganzen Tag. Wahrscheinlich brüte ich etwas aus." Mit diesen Worten streckte Marta ihre Hand Richtung Caspar aus und begrüßte ihn freundlich. Auch Caspar gab sich Mühe und stellte sich höflich vor. Trotzdem spürten beide die Spannung, die in der Luft lag.

Lilo ließ das unbeeindruckt, denn sie war mit ihren Gedanken schon dabei, die geeignete Geschichte für den heutigen Lesetag auszuwählen. „Komm doch mit in die Leseecke", forderte sie Caspar auf. Dort zeigte sie ihm die Bücher, in denen sie selbst am liebsten las und aus denen sie auch die Geschichten für die Kinder nahm.

Obwohl Caspar ihr zuhörte, musste er immer wieder zu Marta schauen, die auf der anderen Seite des Geschäfts bei der Kasse stand. Auch sie sah immer wieder zu dem Jungen herüber, so als ob sie wüsste, dass er etwas zu sagen hätte. Sie wusste aber auch, dass das, was er zu sagen hatte, ihr nicht gefallen würde. Vor diesem Zeitpunkt hatte sie sich immer gefürchtet. Und jetzt war er also gekommen. Viel zu früh, fand sie.

Marta hatte nämlich ein großes Geheimnis, das sie bisher noch niemandem anvertraut hatte. Dieses Geheimnis hatte viel mit Lilo zu tun, die natürlich ahnungslos war; Marta hatte nämlich all die Jahre gut darauf geachtet, ihr Geheimnis zu hüten. Sie hatte gehofft, dass es nie gelüftet werden würde, doch das war offensichtlich ein Irrtum gewesen.

Langsam trudelten die Kinder im Buchladen ein, bis es nur so wimmelte von neugierigen Zuhörern, die wegen Lilos Geschichten gekommen waren.

Lilo setzte sich jetzt mit einem Buch auf einen großen, roten Sessel in die Leseecke. Die Kinder ließen sich auf verschiedenfarbigen, kleineren Sitzkissen um Lilos Platz herum nieder und schon ging es los. Als Lilo anfing zu lesen, wurde es schlagartig still im Raum.

Während sich alle auf die lesende Lilo konzentrierten, steuerte Caspar, der sich auf die Seite gestellt hatte, als die Kinder gekommen waren, auf Marta zu. Bei ihr angekommen, schaute er sie an: „Du weißt, wer ich bin und auch warum ich hier bin. Du kennst mich und du weißt das, was ich weiß."

Marta starrte Caspar an und antwortete mit zitternder Stimme: „Ich habe keine Ahnung, wer du bist und was das soll?!" Caspar schaute Marta jetzt noch intensiver an und sie konnte sehen, wie die weißen Schlieren in seinen blauen Augen zu leuchten begannen.

„Hör auf mit diesen Spielchen. Du weißt, dass das zu nichts führt. Stell dich der Situation und mach sie nicht komplizierter, als sie ohnehin schon ist, und zwar nicht nur für dich", sagte Caspar.

Marta wusste genau, was Caspar damit meinte, und gab auf. „Okay, reden wir, aber nicht jetzt und nicht hier vor meiner Tochter. Lilo hat keine Ahnung von der ganzen Sache."

Caspar schüttelte den Kopf: „Ich habe schon mitbekommen, dass du ihr noch nichts erzählt hast. Hast ja nur siebzehn Jahre Zeit gehabt dafür! Aber ich akzeptiere deine Forderung. Sag mir, wann und wo, ich werde da sein. Lass dir nur nicht zu viel Zeit damit, denn es dauert ja nicht mehr lange, bis Lilo ihren siebzehnten Geburtstag hat. Dann wird sie es auf jeden Fall erfahren, vorbereitet oder nicht. Das liegt ganz an dir."

Das wollte Marta um jeden Preis vermeiden und so schlug sie Caspar vor: „Heute um Mitternacht, am Teich. Wie ich hörte, weißt du ja bereits, wo der ist."

Gerade als Caspar zustimmte, gesellte sich Lilo mit einem Grinsen zu ihnen. Es gefiel ihr, dass sich Caspar und ihre Mutter so lange unterhalten hatten. Sie deutete dies als gutes Zeichen, wusste sie doch nicht, was der Inhalt des Gespräches war. Noch nicht!

„Mutti, ich komme später nach Hause, ich geh mit Caspar noch was trinken. Das geht doch in Ordnung, oder?" Obwohl Marta das nicht wollte, nickte sie. Noch weniger wollte sie nämlich, dass Lilo etwas mitbekam.

Caspar wusste das und hielt sich zurück. Er behielt seine Maske vorerst auf und spielte mit.

Lilo und Caspar gingen zum Kaffeehaus im Ort, wo sie auf Emely, Tim und Sandra trafen, die gerade schwer damit beschäftigt waren, mit Dagmar und Nora zu diskutieren – oder zu streiten. Das konnte man sehen, wie man wollte.

Dagmar hatte offensichtlich ein Problem damit, dass die drei auch im Kaffeehaus saßen, aber weder Tim noch Sandra oder Emely konnten einen Grund sehen zu gehen. Im Eifer des Gefechts achteten die fünf Streitenden gar nicht so recht auf Lilo und Caspar.

Diese Chance nutzte Caspar und zog Lilo schnell wieder hinaus. Die wusste in diesem Moment gar nicht, wie ihr geschah. „Was ist los, warum willst du wieder gehn? Ich wollte meinen Freunden helfen. Was bildet sich diese Dagmar eigentlich ein?", ereiferte sich Lilo und machte Dagmar dabei übertrieben nach.

„Ich wusste nicht, dass du an dieser meiner Meinung nach sinnlosen Diskussion teilnehmen wolltest", entschuldigte sich Caspar und Lilo begann zu begreifen: Er wollte allein sein mit ihr und dagegen hatte sie gar nichts! „Nein, nein, eigentlich gut, dass du mich so schnell aus dem Lokal wieder herausbefördert hast. Ich bin einverstanden. Und was machen wir jetzt? Hast du einen Plan?" „Nein, nicht direkt, aber wir können ja einfach durchs Dorf spazieren und reden, wenn du willst", meinte Casper.

Das fand Lilo super: „Da kannst du mir ja jetzt alles über dich erzählen. Wir haben Zeit und dunkel ist es auch noch nicht." Caspar nickte Lilo zu und beide spazierten nebeneinander die Straße entlang.

Sie liefen eine Weile ziellos im Ort herum, bis sie sich einig waren, sich auf zwei Schaukeln auf dem Ortsspielplatz niederzulassen. Lilo setzte sich als Erstes auf die Schaukel und Caspar gab ihr einen leichten Schubs, sodass sie zu schaukeln begann. Dann setzte Caspar sich auf die andere Schaukel direkt neben Lilos.

Lilo lehnte sich zurück und gab sich den Bewegungen hin, dabei schaute sie Caspar herausfordernd an: „Du kannst jetzt loslegen." Caspar musste lächeln und stellte sich ahnungslos: „Womit soll ich loslegen!" Lilos Augen fingen an zu glänzen: „Na von dir zu erzählen. Wie gesagt, ich will alles wissen. Am besten fangen wir damit an, wie es dort so ist, wo du herkommst, und dann will ich alles über deine Familie wissen."

Caspar hob die Hände: „Na gut, ich gebe mich geschlagen und erzähle dir alles, was du wissen willst." Er fing damit an, wie es in Südafrika aussah, zumindest in dem Teil des Landes, aus dem er kam. Lilo hörte aufmerksam zu, sie hatte gar nicht gewusst, dass Südafrika so viele verschiedene Gesichter hatte, was nicht nur die Natur betraf, sondern auch die Kultur und die Menschen. Casper kam ins Schwärmen und meinte, dass es in seinem Land Plätze gäbe, die so schön wären, dass sie nicht von dieser Welt sein konnten, wo die Natur so unberührt war, dass sie ganz vollkommen wirkte, so wie vom Anfang der Schöpfung an gedacht.

Damit traf Caspar einen Nerv bei Lilo, die total fasziniert von seinen Erzählungen war. Sie liebte ja die Natur und die Tiere und am liebsten war ihr die Natur so unberührt wir möglich. So wie ihr Platz in der Wildnis, wo sie ihre Zeit am liebsten verbrachte. Außerdem passten zu dieser Einstellung auch die ganzen Indianergeschichten, die sie so verehrte.

Caspar berichtete auch von den unterschiedlichen Glaubens- und Kulturrichtungen, die sich in seiner Heimat entwickelten, und an dieser Stelle fragte er Lilo: „Glaubst du eigentlich an Übersinnliches, wie an ein Leben nach dem Tod, oder an Fabelwesen, wie Engel?" Er wartete gespannt auf Lilos Antwort, die er ja eigentlich schon kannte, aber doch gern noch einmal aus ihrem Mund hören wollte, um ganz sicher zu sein.

Lilo stoppte jetzt die Schaukel und wandte sich ihrem neuen Freund zu: „Das hast du mich schon einmal gefragt." Caspar zwinkerte ihr zu: „Ich weiß, aber da hast du geschwindelt. Ich will wissen, wie du wirklich darüber denkst, bei uns ist das sehr wichtig und gehört zum Kennenlernen dazu."

Lilos Wangen färbten sich leicht rot: „Warum bist du dir so sicher, dass ich nicht die Wahrheit gesagt habe.

Das finde ich unheimlich, noch dazu weil du damit recht hast. In der Klasse würde ich so etwas nie zugeben, damit wäre ich definitiv Volltreffer bei meinen Mitschülern, dass sie mich ärgern, und das brauche ich nicht."

Caspar legte seine Hand auf Lilos Schulter: „Das kann ich verstehen, aber jetzt sag schon, wie du zu diesem Thema stehst."

Lilo erklärte Caspar nun, dass sie auf jeden Fall an Übersinnliches glaube. Dass es jetzt wirklich Elfen, Gnome, Gott oder Engel gab, wollte sie nicht behaupten, aber die Existenz von etwas Größerem, Mächtigen war unbestritten für sie.

Caspar fand, dass sich Lilo diesem Thema ganz klar und nüchtern stellte, gar nicht übertrieben oder aufgeregt. Er war überwältigt. „Woher hast du diese absolut tolle Einstellung? So eine interessante Meinung habe ich noch nicht oft gehört", wollte er von Lilo wissen.

Die zuckte, als ob das doch selbstverständlich wäre, mit den Schultern: „Na von meiner Mutter, die hat mir immer erzählt, dass es ganz sicher übersinnliche Wesen gibt, die uns begleiten und beschützen, und das glaube ich ganz fest."

Noch lange redeten die beiden über dieses Thema, dabei schlenderten sie zurück zum Buchladen, wo ihre Räder standen. Caspar begleitete Lilo wieder nach Hause, wo Marta schon ganz ungeduldig auf ihre Tochter wartete. Sie stand in der offenen Eingangstür und gab Lilo damit das Signal, dass sie ins Haus kommen sollte.

Zum Abschied nahm Lilo ihren ganzen Mut zusammen und gab Caspar ganz schnell einen Kuss auf die Wange, so schnell, dass der gar nicht reagieren konnte und ihm nur blieb, ihr zum Abschied zuzuwinken, denn da war Lilo auch schon auf halbem Wege zu ihrer Mutter.

Marta nickte Caspar nur zu. Der nickte zurück und fuhr zurück ins Dorf.

Lilo rannte an Marta vorbei ins Haus. Marta schloss die Tür und folgte Lilo, die in der Küche gerade dabei war, den Kühlschrank zu plündern. Sie hatte nämlich einen Bärenhunger, was nicht zu übersehen war: Wurst, Käse, Senf und Essiggurken tischte sie sich auf. Brot durfte natürlich auch nicht fehlen. Mehrere belegte Brote bereitete sie sich zu.

Marta setzte sich zu ihr an den Küchentisch und fragte vorsichtig: „Und, hast du heute noch viel Spaß gehabt mit Caspar?" Lilo sah ihre Mutter mit einem breiten Grinsen an: „Mutti, ich sag dir, der Tag war einfach toll. Wir haben über seine Heimat geredet und über unsere Einstellung zum Leben und so."

Während Lilo ihrer Mutter eifrig berichtete, wie toll Caspar war, merkte sie gar nicht, wie Martas Gesichtszüge immer starrer wurden. Das machte die Wut, die sich in ihr ausbreitete, als sie hörte, was das Hauptthema des Gesprächs war: Übersinnliches. Sie wollte nicht, dass Caspar mit Lilo über so etwas sprach, jeder andere, aber nicht Caspar.

Lilo machte sich über ihre Brote her, die sie sich in den Mund stopfte, als ob sie ihre letzte Mahlzeit wären. Sie musste immer wieder etwas Saft nachtrinken, damit ihr die Bissen nicht im Hals stecken blieben.

Marta schüttelte den Kopf, während sie ihrer Tochter beim Essen zusah: „Du isst ja, als ob du nie wieder etwas bekommen würdest. Geht's nicht ein wenig langsamer?"

Lilo schluckte die letzten Reste hinunter, trank noch einen Schluck und maulte gelangweilt: „Ja, Chefin, wird gemacht, ich esse das nächste Mal, wie es sich für eine junge Dame gehört." Marta rollte mit dem Augen: „Ist schon gut, ist angekommen, ich nerv dich nicht weiter."

Genau das wollte Lilo von ihrer Mutter hören, sie rutschte mit ihrem Sessel näher zu ihr heran und sah sie zufrieden an. „Worüber hast du mit Caspar heute im Buchladen geredet? Ihr scheint euch ja gut zu verstehen, das finde ich toll. Er ist wirklich ein netter Typ, nicht nur sein Aussehen, auch sein Charakter ist äußerst faszinierend. Er hat etwas an sich, was mich sehr anzieht, und ich fühl mich total sicher bei ihm, so etwas habe ich noch nie gefühlt, aber trotzdem ist mir dieses Gefühl nicht fremd. Hast du so was auch schon einmal erlebt, Mutti?"

Marta erhob sich von ihrem Stuhl, sie hatte genug gehört und wusste, was sie zu tun hatte: „Ja, mein Kind, so etwas habe ich auch schon einmal erlebt, bei deinem Vater."

Mit diesen Worten verließ Marta die Küche, um in ihr Zimmer zu gehen. Lilo hatte ein schlechtes Gewissen, weil sie befürchtete, in ihrer Mutter alte Erinnerungen wachgerufen zu haben, die zwar schön waren, aber auch traurig, weil ihr Vater ja tot war. Sie konnte das Gefühl nicht ertragen, dass ihre Mutter traurig war. Deswegen ging sie ihr nach und klopfte an ihre Tür: „Alles in Ordnung? Geht es dir gut? Bist du traurig, weil du an Papa denken musstest?"

„Nein, mein Kind, ich bin nicht traurig. Nur müde, heute war ein anstrengender Tag, also mach dir bitte keine Sorgen. Mir geht's gut", vernahm Lilo jetzt die Stimme ihrer Mutter durch die Tür. Diese Antwort beruhigte sie wieder. „Gute Nacht dann!", rief sie noch und marschierte auch schon in ihr Zimmer.

Die zwei waren in dieser Nacht allein, Ben hatte Nachtschicht im Krankenhaus. Er war Krankenpfleger, und das mit Leib und Seele. Zuerst hatte er ja Medizin studiert, war sogar einer der Besten seines Jahrgangs gewesen. Dann hatte er allerdings feststellen müssen, dass er nicht den Kontakt zu seinen Patienten hatte, den er sich wünschte. Den bekam er dann als Krankenpfleger, wo er sich direkt um die Patienten kümmern konnte, und zwar bis zum Ende. Er hatte Zeit, ihnen zuzuhören, und erfuhr, wie es ihnen ging, nicht nur körperlich, sondern auch seelisch und geistig. Ben war der Überzeugung, dass der Körper nicht heilen konnte, wenn Geist und Seele nicht gesund waren. Aus diesem Grund stellte er den Patienten, wenn es dafür Zeit gab, auch alte Indianerrituale vor, die dem menschlichen Körper sowohl sein geistiges als auch sein seelisches und körperliches Gleichgewicht zurückgeben konnten. Einige Patienten nahmen diese Art der Heilung gerne an, aus Neugier oder weil es die letzte Hoffnung war oder weil sie einfach für so etwas offen waren.

Bens Nachtschicht kam Marta gelegen. So konnte sie sich um Mitternacht aus dem Haus schleichen.

Lilo schlief ohnehin immer so fest, dass man sie samt ihrem Bett hätte davontragen können. Das wusste Marta natürlich, also saß sie in ihrem Zimmer auf dem Bett, schaute immer wieder auf ihren Wecker und wartete darauf, dass es Mitternacht wurde, damit sie das Ganze endlich hinter sich bringen konnte.

„Immer noch eine Stunde", dachte sie und ging in ihrem Zimmer auf und ab. „So jetzt reicht es, das halt ich nicht länger aus. Ich fahre los und warte am Teich." Sie zog sich warm an und öffnete leise ihre Zimmertür. Es war kein Ton zu hören und Licht kam auch nicht aus Lilos Zimmer. Mit einer Taschenlampe bewaffnet versuchte sie so leise wie möglich, die verdammt laut knarrende Holztreppe hinunterzuschleichen, was gar nicht so einfach war. Marta stützte ihr halbes Körpergewicht auf den Handlauf. Da sie sehr zierlich war, funktionierte das auch gut. Endlich war sie unten. Sie zog ihre Jacke an, schlüpfte in ihre Schuhe und schon war sie draußen. Dort setzte sie sich in ihren Geländewagen und fuhr ganz langsam und ohne Licht weg vom Haus.

Ihr Ziel war der Teich und sie war nervös.

Als sie die Kastanienallee hinter sich gelassen hatte, machte Marta das Autolicht an. Sie fuhr raus aus dem Dorf, Richtung Wald, zum Teich. Am liebsten hätte sie die ganze Sache bereits hinter sich gehabt. Ihre Anspannung und Nervosität spürte sie die ganze Fahrt über.

Am Ziel angekommen, blieb sie noch einen Moment im Wagen sitzen und schaute sich um. Da sie niemanden entdecken konnte, stieg sie aus und stiefelte die Treppen zum Wasser hinunter. Dort stand sie eine Weile und schaute aufs Wasser. Obwohl es tiefe Nacht war, war es trotzdem ziemlich hell durch den Vollmond, der jetzt genau über dem Gewässer stand. Sein sanftes Licht bedeckte den ganzen Teich und spiegelte sich im Wasser, was die Landschaft noch heller erscheinen ließ. „Was für eine schöne Nacht", dachte Marta.

Auf einmal hörte sie jemanden leise ihren Namen rufen. Sie drehte sich um. Schräg hinter ihr, beim Wohnwagen, stand Caspar und schaute zu ihr herüber.

„Schön, dass du gekommen bist", begrüßte er sie, als er auf sie zukam. „Schön? So kann man dieses Treffen ja wohl nicht bezeichnen", antwortete Marta. Caspar lächelte sie an: „Das hängt ganz davon ab, von welcher Seite du die Situation betrachtest. Willst du das Glas halb voll oder halb leer sehen?!" Marta runzelte die Stirn. „Ja, das könnt ihr wirklich gut: so reden, als ob das Leben und die darin enthaltenen Ereignisse so einfach und zum Wohle aller zu bewältigen wären. Aber so simpel ist das nicht immer."

Caspar neigte seinen Kopf zur Seite: „Das ist die Aufgabe des Lebens, aber deswegen sind wir nicht hier. Es geht um deine Tochter, du hast sie nicht ganz unvorbereitet durch ihr bisheriges Leben gehen lassen, was ich gehört habe."

Da wurde Marta zornig: „Du hast mir versprochen, sie damit in Ruhe zu lassen! Was fällt dir eigentlich ein, über meinen Wunsch einfach so hinwegzugehen?! Na, das sagt mir ja einiges über dich!" „Jetzt reg dich nicht auf", konterte Caspar, „ich hab nichts gemacht. Wir haben nur über Lebenseinstellungen geredet, oder ist das bei euch ein Verstoß gegen das Gesetz?"

Marta versuchte sich wieder zu beruhigen: „Nein, natürlich nicht, ich will sie nur nicht verlieren, und das werde ich, wenn ihr sie mitnehmt. Allein der Gedanke daran ist kaum auszuhalten. Ich will aber nicht mit dir darüber sprechen, Caspar", redete sie weiter. „Wie heißt du eigentlich wirklich, wie ist dein Name?"

Caspar schaute Marta an: „Mein Name ist Caspara und ich bin dein einziger Ansprechpartner. So wurde es beschlossen. So ist es am besten."

Marta funkelte Caspara an: „Es ist mir egal, was ihr beschlossen habt, ich meinerseits beschließe hiermit, dass ich nur mit Atura rede und sonst mit niemandem, schließlich ist er mir das schuldig! Das ist das Mindeste und ich weiß, dass er uns zuhört."

Das Folgende schrie Marta in Richtung Sternenhimmel: „Also hör gut zu, mein Lieber, entweder hast du den Mut, persönlich mit mir zu reden, oder das mit unserer Tochter kannst du ganz und gar vergessen!"

Caspar war für einen Moment erschrocken, weil Marta sehr laut geworden war. „Du weißt, dass Atura nicht kommen wird, aber Lilo ist auch sein Kind und ihr habt das so ausgemacht. Du hättest damals mitkommen können, als du Lilo unter deinem Herzen trugst, du hast dich für die Erde und somit für die Sterblichkeit entschieden. Lilo aber hat ein Recht darauf, selbst entscheiden zu können, wo sie hingehören möchte, und du weißt das auch. Du willst es nur nicht wahrhaben."

Da stiegen Marta Tränen in die Augen. „Ich würde mir nie das Recht herausnehmen, Lilo das zu verwehren. Ich wollte ihn nur einmal wiedersehen Es ist so lange her, dass es, wenn es Lilo nicht gäbe, gar nicht mehr wahr wäre, sondern einfach nur ein Traum. Wie er jetzt aussieht, brauche ich wohl gar nicht zu fragen, denn ihr könnt euer Aussehen ja frei wählen. Ihr seid weit höher entwickelt als wir Menschen. Atura ist Lilos Vater und deshalb erwarte ich, dass er mit mir zumindest darüber redet."

Damit drehte Marta sich um und ging zu ihrem Auto. Für sie war fürs Erste alles gesagt.

Caspar ließ sie gehen. Er konnte Marta verstehen und beschloss, sie das Ganze erst einmal verdauen zu lassen. Er wusste, dass Atura zugehört hatte, und in Gedanken fing er an, mit ihm zu reden.

In diesem telepathischen Austausch gab Caspar Marta recht, dass Atura mit ihr reden müsse, das wäre er ihr schuldig. Daraufhin hörte er Aturas Stimme in seinem Kopf, die ihm sagte, dass er das jetzt nicht entscheiden könne, er würde es ihn wissen lassen, wenn es so weit wäre. Jetzt solle Caspar nach Hause zu seiner Gastfamilie gehen und sich trotzdem weiter um Lilo kümmern.

Danach verstummte Aturas Stimme und Caspar trat den Heimweg an.

Kapitel 8

Am nächsten Morgen stand Marta ganz selbstverständlich in der Küche und bereitete das Frühstück, als wäre in der Nacht zuvor nichts passiert.

Ben kam gerade vom Nachtdienst nach Hause. Ziemlich erschlagen betrat er die Küche und setzte sich auf seinen Stuhl an den Tisch.

Marta schenkte ihm einen frisch gebrühten Kräutertee ein, keinen Kaffee, schließlich war das Frühstück eigentlich Bens Nachtmahl. Er wollte auch gleich ins Bett, um sich auszuschlafen. Während er jetzt noch seinen Tee schlürfte, stand auch schon Lilo schulfertig in der Küche.

„Guten Morgen, eine gute Nacht gehabt? Meine war bestens!" Ben sah Lilo mit verschlafenen Augen an: „Das freut mich für dich, meine fängt jetzt erst an." Er erhob sich, wünschte eine Gute Nacht und schlich hinauf ins Schlafzimmer.

Lilo ging zur Kaffeemaschine und schenkte sich Kaffee ein. „Hat wohl eine harte Schicht hinter sich, der Arme", sagte sie dabei.

Marta sah ihre Tochter an: „Ja, bestimmt. Und du? Fertig für die Schule? Sehen wir uns danach im Buchladen, mein Kind?"

Lilo schüttelte den Kopf „Nein, heute nicht. Ich treffe mich nach der Schule mit Emely. Ich habe es ihr versprochen. Sorry! Heute musst du ohne mich auskommen."

Marta trank ihren Kaffee aus und stellte die leere Tasse in die Spüle. „Ist schon in Ordnung, wenn du dich mit Emely triffst." Marta war froh, dass es Emely war und nicht Caspar. „Aber heute Abend möchte ich, dass du früher zuhause bist, ich muss mit dir reden. Keine Angst, du hast nichts angestellt, also mach dir keine Gedanken." „Ja gut", erwiderte Lilo, „ich bin sowieso zu Hause. Emely kommt hierher."

Sie aß ihr weichgekochtes Ei und gab Marta zum Abschied einen Kuss auf die Stirn. „Ich hab dich lieb, Mutti, bis heute Abend, ich bin schon gespannt, was du mit mir besprechen willst." Marta strich ihrem Kind über den Rücken und lächelte es an. Lilo zog sich ihre Jeansjacke und ihre Schuhe an, hängte sich ihren Schulrucksack über die Schultern und rannte aus dem Haus. Bevor sie losradelte, winkte sie ihrer Mutter noch einmal zu.

Lilo versuchte ganz schnell zu fahren. Der noch kalte Gegenwind pustete ihr ins Gesicht und machte ihr das Vorwärtskommen schwer, doch sie gab nicht auf, bis sie an der Schule war.

Sie lief gleich hinein und marschierte in ihre Klasse. An diesem Tag war sie seit Langem wieder mal die Erste von ihren Freunden. Sie wollte sich gerade auf ihren Platz setzen, als Dagmar vor ihr stand. Lilo schaute sie an und machte einen tiefen Seufzer. „Was willst du, Dagmar? Komm und schütte mir dein Herz aus, bevor es dir übergeht."

Dagmar zischte Lilo an: „Du hältst dich wohl für sehr witzig, oder?! Ganz schön arrogant, Goldlöckchen. Aber Spaß beiseite! Wenn du der Meinung bist, dass der Neue dir gehört, dann hast du dich geschnitten. Was kannst du ihm schon bieten außer deinen Indianergeschichten?! Und da wird der auch bald draufkommen und … schwupps … schon bist du ihn los!" Dabei sah sie Lilo siegessicher an: „Darum werde ich mich schon kümmern, vertrau mir."

Lilo schaute Dagmar ungläubig an und schüttelte den Kopf: Als ob es das Wichtigste wäre, einem Jungen etwas bieten zu können! Wenn überhaupt, sollte das doch wohl eher umgekehrt sein! Und nicht einmal das konnte sich Lilo wirklich vorstellen. Sie war zu Selbstständigkeit und Unabhängigkeit erzogen worden. Aber das war wieder mal typisch Dagmar: Die glaubte, man könne alles und jeden kaufen. Doch irgendwann wird ihr da hoffentlich auch noch mal ein Licht aufgehen, dachte Lilo jetzt, aber sagen wollte sie nichts mehr, das hatte ja doch keinen Sinn. So ging sie einfach an Dagmar vorbei und setzte sich auf ihren Platz.

Da kamen auch schon Tim und Sandra und gesellten sich zu ihr, kurz darauf auch Emely, direkt gefolgt von Caspar, was Lilos Gesicht wieder zum Strahlen brachte.

Dagmar war nun eindeutig überrollt von der Anzahl der Gegner, räumte widerwillig das Feld und verzog sich auf ihren Platz, ohne Lilo allerdings aus den Augen zu lassen, was die anderen vier auch mitbekamen.

Emely sah Dagmar an und dann Lilo, klatschte in die Hände und sagte so laut, dass auch Dagmar es hören konnte: „Oh Gott, hat Dame Dagmar wieder gesprochen?! Nimm sie nicht ernst; was sie redet, ist doch bloß heiße Luft." Dem bösen Blick, den ihr Dagmar daraufhin zuwarf, entgegnete Emely nur mit einem kühlen Lächeln.

Caspar, der die Situation beobachtet hatte, musste schmunzeln. „Mädchen …", dachte er.

Der Unterricht ging an diesem Tag schnell vorbei: zuerst zwei Stunden Turnen, das mochte Lilo, da konnte man sich prima auspowern, dann Religion und zuletzt zwei Stunden Geschichte. Lauter gute Fächer, fand sie.

In der letzten Pause fragte Caspar Lilo, ob sie später schon etwas vorhätte. Er wollte und musste Zeit mir ihr verbringen. Doch diesmal musste Lilo ihm leider einen Korb geben, da sie ja schon mit Emely verabredet war. Dieses Treffen war ihr wichtig und sie wollte es daher nicht absagen. Für den nächsten Tag jedoch versprach sie Caspar ganz fest, wieder Zeit mit ihm zu verbringen. Caspar zeigte Verständnis und wünschte Lilo noch einen schönen Nachmittag.

Bevor Lilo und Emely nach der Schule zu Lilo nach Hause fahren konnten, mussten sie erst noch am Buchladen vorbei, weil Lilo ihren Hausschlüssel vergessen hatte. Dort hüpfte sie schnell vom Rad und hinein in den Laden, wo Marta ihr lächelnd ihren eigenen Schlüssel aushändigte. Beim Hinauslaufen rannte Lilo beinahe einen Mann mit Sonnenbrille um, der in das Geschäft wollte. Sie entschuldigte sich rasch und lief an ihm vorbei zurück zu Emely, die sie nur ungern warten ließ. Die beiden Mädchen radelten nun endlich zu Lilo nach Hause.

Marta hatte den Mann mit der großen Sonnenbrille zuerst überhaupt nicht mitbekommen, denn sie war gleich nachdem sie Lilo den Schlüssel gegeben hatte, zum Aufräumen ins Lager gegangen. An Tagen wie diesem mit wenig Kundenverkehr widmete sie sich gern solchen Arbeiten, die sonst liegen blieben.

Der Mann setzte sich derweil auf den alten Holzstuhl bei der Kasse und schaute sich den Laden an, wobei er die Bücher in seiner Reichweite etwas genauer begutachtete, während er auf Marta wartete. Er hatte es nicht eilig.

Der Mann war sehr groß, fast zwei Meter, er hatte langes, blondes Haar, das mit einem Lederband zu einem Zopf gebunden war. Er war lässig gekleidet und insgesamt sehr attraktiv.

Als Marta endlich wieder um die Ecke bog, war sie zuerst erschrocken, dass sie offensichtlich einen Kunden nicht bemerkt hatte. Sie stand komplett regungslos im Laden und glaubte zu träumen, als es ihr langsam dämmerte: „Bist du's wirklich, Atura? Ich kann es kaum glauben! Hast du dich an mein Alter angepasst? Du siehst toll aus."

Atura nahm seine Sonnenbrille ab und Marta meinte, in Lilos Augen zu schauen – das gleiche Blau mit den weißen Schlieren darin.

Jetzt lächelte Atura sanft: „Hallo Marta, ich wusste dass du dich nicht mit Caspara zufriedengeben würdest. Aber ich wollte es trotzdem versuchen. Ich hoffe, du kannst mir das vergeben. War das vorhin Lilo, die an mir vorbeigelaufen ist? Natürlich, ich konnte spüren, dass sie es ist. Außerdem hat sie meine Augen."

Atura war sehr stolz auf seine Tochter. Sie kam ihm besonders schön vor und ihr Energiefeld war ungewöhnlich stark. Er wusste, dass Lilo eines Tages eine sehr wichtige Rolle in seiner Welt spielen würde, wenn sie mit ihm und seinem Volk mitgehen würde.

Marta sah Atura, ihre Jugendliebe, an und hatte das gleiche Gefühl wie achtzehn Jahre zuvor. Sie fühlte sich genauso wie früher von ihm angezogen. Auch Atura spürte immer noch eine starke Zuneigung zu Marta, zumindest jetzt, in seiner Menschengestalt, mit der er auch sämtliche Gefühle und Regungen eines menschlichen Körpers übernommen hatte. Und als Mensch war er Marta total verfallen!

Während Marta ein paar Bücher aus einem Karton ins Regal räumte, sagte sie: „Ja, das war unsere Tochter." Nach einem Zögern fügte sie hinzu: „Eigentlich meine Tochter."

Atura blickte Marta verständnisvoll an: „Ich weiß, das ist nicht leicht für dich. Es war aber auch nicht leicht für mich, als du dich damals für die Erde entschieden hast und ich dich schwanger zurücklassen musste. Hast du daran schon einmal gedacht? Auch wenn wir nicht auf die gleiche Art lieben wie die Menschen, nämlich vor allem körperlich, heißt das nicht, dass wir nicht Liebe für den anderen empfinden. Bei uns spielt sich alles auf der mentalen Ebene ab, aber das weißt du. Deswegen wolltest du ja auch nicht mit. Du konntest dir nicht vorstellen, ganz ohne körperliche Liebe zu leben, das machte dir Angst. Ich wusste das, schließlich konnte und kann ich deine Gedanken lesen. Aber ich durfte dich nicht beeinflussen. Freier Wille, sagt dir das was? Aber glaube nicht, dass mir das leichtgefallen ist."

Marta wusste zwar über den ganzen körperlichen und mentalen Quatsch Bescheid, aber das mit dem freien Willen war ihr neu. „Mir war nicht klar, dass dich das auch so hart getroffen hat. Das tut mir leid, dafür entschuldige ich mich aufrichtig. Also, das mit dem freien Willen, wenn der für mich gegolten hat, dann muss er auch für Lilo gelten. Oder liege ich da falsch?"

Atura stimmte Marta zu und wusste natürlich, worauf sie hinauswollte. „Du hast Recht, über den freien Willen haben wir keine Macht. Deswegen ist es ganz wichtig, dass Lilo alleine entscheidet, was sie will. Ohne Manipulation, von welcher Seite auch immer. Ich hoffe, das ist auch in deinem Interesse." Während Atura das sagte, leuchteten die Schlieren in seinen Augen.

„Ich werde sie nicht beeinflussen", entgegnete Marta, „das war Teil unserer Abmachung. Jetzt weiß ich auch, warum. Und diese Abmachung halte ich auch ein, da kannst du mir vertrauen. Ich hoffe, das weißt du. Es würde mich wirklich kränken, wenn du anders denken würdest." Atura dachte keine Sekunde daran, dass Marta ihre Abmachung nicht einhalten würde. Da er in ihren Gedanken lesen konnte, wusste er immer, was vor sich ging. So saß er nur da, schaute Marta an und sagte nichts. Marta beugte sich ein Stückchen zu ihm herunter: „Du kannst mich auch fragen, wenn du willst, du musst nicht in meinen Gedanken herumstöbern."

Atura machte große Augen. Er fühlte sich ertappt, denn er hatte tatsächlich versucht, gewisse Informationen aus Martas Gedanken herauszufiltern. Allerdings nicht, ob sie Hintergedanken hatte, was Lilo betraf, sondern ob sie glücklich war und ein schönes Leben hatte.

„Ich würde in der Tat gerne etwas wissen von dir, wenn es dir nichts ausmacht?!", sagte er schließlich doch. „Bist du glücklich? Lebst du das Leben, das du wolltest? Wie ist dein Partner zu dir, füllt er dich mental und körperlich aus? Mir ist bewusst, dass das sehr private Fragen sind, ich würde trotzdem gern die Antworten hören."

Marta war erstaunt. Sie war auf solche Fragen nicht vorbereitet. Schon gar nicht von Atura. Sie fuhr sich mit ihrer Hand durch ihre kurzen, zerzausten Haare und sagte: „Dass ausgerechnet du mich das fragst, ist komisch. Ja, ich bin glücklich und ich lebe das Leben, das ich wollte. Ben, mein Lebensgefährte, ist ein großartiger Mann. Er ist mir gegenüber immer korrekt und steht dem Leben sehr positiv gegenüber. Ich hätte mir nach dir keinen Besseren vorstellen können. Er hat mir damals sehr geholfen und mich unterstützt. Das werde ich ihm nie vergessen."

Atura nickte zufrieden: „Das ist gut. So wollte ich das für dich, so habe ich mir das gewünscht. Ich wusste, dass Ben der richtige Mann für dich ist, deswegen habe ich ihn dir auch geschickt. Den Rest habt ihr dann selbst geschafft. Du weißt schon, freier Wille. Ich konnte ihn nur zu dir führen, zu mehr war ich nicht bemächtigt."

Jetzt wurde Marta doch wieder zornig. Sie konnte nicht glauben, was sie da hörte. Das war doch nicht zu fassen! So zischte sie Atura an: „Wie bitte, ich glaube, ich habe mich verhört! Du hast mir Ben geschickt? Das glaube ich einfach nicht. Was willst du mir damit sagen? Was bildest du dir eigentlich ein? Ich bin sprachlos." „Offensichtlich nicht", fuhr ihr Atura dazwischen, „du redest wie ein Wasserfall. Reg dich ab. Bist du glücklich? Ja oder nein?! Vorhin hast du gesagt, dass du das bist. Das ist doch die Hauptsache, oder?!"

Marta war wieder ruhiger geworden: „Ja, stimmt. Trotzdem hattest du nicht das Recht, dich in mein Leben einzumischen. Zumindest nach unserer gemeinsamen Zeit nicht mehr. Tu das nie wieder!"

Atura versprach Marta jetzt hoch und heilig, sich nie wieder in ihr Leben einzumischen. Dafür gab es auch keinen Grund mehr, er hatte erreicht, was er wollte: Sie führte ein zufriedenes und glückliches Leben.

Die beiden hatten so lange miteinander geredet, dass Marta gar nicht gemerkt hatte, wie es draußen schon dunkel geworden war.

Kapitel 9

Auch Lilo und Emely hatten einen schönen Nachmittag gehabt. Emely hatte von Lilo jede Einzelheit über Caspar wissen wollen, was sie gemacht und worüber sie geredet hatten. Ganz wuschelig war sie vor Ungeduld, alles von Lilo zu erfahren.

Und Lilo hatte nichts ausgelassen, zuerst von der Wanderung durchs Dorf erzählt, dann von der Rast auf den Schaukeln und von den Gesprächen.

Lilos Begeisterung darüber, dass Caspar so ziemlich die gleiche Lebenseinstellung hatte wie sie, dass er wie sie an höhere Wesen glaubte, die die Menschheit beschützten, und dass ihn auch die Weisheiten der Indianerstämme faszinierten, war für Emely deutlich spürbar. Sie freute sich für ihre Freundin, dass sie sich verliebt hatte und dass Caspar offenbar auch sehr viel für Lilo übrighatte.

Die beiden Freundinnen hatten den ganzen Nachmittag über dieses und jenes geredet, sogar Dagmar war kurz im Gespräch gewesen.

Als es bereits dunkel war, kam Marta mit drei Pizzen, die sie auf ihrem Handteller balancierte, zur Tür herein. Sie hatte sie nach dem Gespräch mit Atura auf dem Heimweg noch rasch von der Pizzeria geholt.

Jetzt rief sie die zwei Mädchen in die Küche. Lilo und Emely nahmen schon im Flur den köstlichen Geruch der Pizza wahr und wussten, was jetzt kam: Fütterungszeit. Und sie hatten wirklich Hunger! Kaum in der Küche angekommen, machten sie sich auch schon über die Pizzen her. Marta musste lachen: „Ihr seid ja schlimmer als Raubtiere. Nicht so hastig, es ist genug da." Daraufhin aßen Lilo und ihre Freundin ein wenig langsamer und entspannter. Marta nahm auch ein Stück und alle drei aßen sich satt. Es blieb sogar noch etwas für Ben übrig.

Nach dem Essen lud Marta Emely und ihr Fahrrad in ihren Geländewagen und fuhr sie nach Hause. Währenddessen machte Lilo die Küche sauber. Sie räumte die dreckigen Teller in den Geschirrspüler, spülte die Trinkgläser, wischte den Tisch ab und fegte die Krümel weg. Sie wurde gerade mit allem fertig, als ihre Mutter auch schon wieder durch die Tür kam. Die freute sich, dass alles so schön sauber war, setzte sich an den frisch geputzten Tisch und forderte Lilo auf, sich zu ihr zu setzen.

Marta hatte keine Ahnung, wie sie das Gespräch beginnen sollte. Das war echt schwer für sie, also fing sie einfach an, ohne groß nachzudenken: „Lilo, mein Kind. Ich muss mit dir reden, bitte hör mir zu. Du wirst jetzt bald siebzehn und es werden sich Dinge ereignen, die nicht immer leicht zu verstehen sein werden für dich. Was ich damit sagen will, o Gott, ist das schwer."

Lilo runzelte die Stirn: „Mutti, bist du betrunken? Was soll das, willst du mich jetzt aufklären? Da muss ich dich enttäuschen, ich weiß schon alles von den Blumen und Bienchen." Marta fiel ihr verzweifelt ins Wort: „Hör auf, sei still und hör mir zu. Ich will dir etwas erklären. Es hat mit deinem Vater zu tun."

Da wurde Lilo still und schaute ihre Mutter nachdenklich an. Sie lehnte sich zurück und verschränkte ihre Arme: „Bitte. Du hast meine volle Aufmerksamkeit. Fang an. Was hat mein siebzehnter Geburtstag mit meinem Vater zu tun? Ich dachte, er ist tot, oder hast du mich angelogen? Los, fang an zu erzählen."

Marta atmete tief durch und begann: „Du weißt, dass ich bevor du in mein Leben kamst, viel in der Welt unterwegs war, um andere Kulturen kennenzulernen. Ich habe dir doch immer erzählt, dass viele alte Kulturen, wie die Mayas oder die alten Ägypter, Porträts von Außerirdischen, meist in Stein gemeißelt, verewigt haben. Viele glaubten, dass diese Aliens uns Menschen halfen, sich in der Welt zurechtzufinden. Wenn man den Geschichten glaubt, dann sollen sie uns vieles gelehrt haben, wie zum Beispiel die Berechnung mit den Sternen, und schützen sollen sie uns angeblich auch."

Jetzt unterbrach Lilo ihre Mutter: „Das hast du mir alles schon einmal erzählt. Ich kenne diese Geschichten. Was hat das mit meinem Vater zu tun?"

Marta rollte mit den Augen: „Lass mich bitte erzählen. Dein Vater glaubte ganz fest, dass diese überirdischen Wesen existierten. Du weißt, dass ich deinen Vater bei den Maya-Pyramiden in Tikal bei Guatemala kennengelernt habe, und wir haben dort etwas erlebt, was ich bisher noch niemandem erzählt habe. Damals gaben wir uns das Versprechen, wenn du siebzehn werden würdest, dir die ganze Wahrheit der Menschheit zu erzählen. Er ist nicht da, also bleibt die Sache an mir allein hängen."

„Und was ist die ganze Wahrheit der Menschheit?", fragte Lilo ungläubig. Marta schaute ihre Tochter an: „Du wirst jetzt sicher glauben, ich bin verrückt, aber diese übersinnlichen Wesen, die gibt es wirklich. Dein Vater und ich, wir haben sie in Tikal gesehen. Sie haben mit uns geredet, uns erklärt, dass die Menschen sich wieder auf das Wesentliche konzentrieren müssten, dass sie ihren Weg aus den Augen verloren hätten und ihn wiederfinden müssten, sonst würde auf der Welt das Ungleichgewicht zu groß werden, was fatale Folgen haben könnte."

Lilo musste sich das Lachen verkneifen: „Hast du wirklich nichts getrunken? Du weißt, ich glaube an übersinnliche Geschichten, aber das hier nehme ich dir jetzt wirklich nicht ab. Erzähl das bloß niemandem, das würde dir keiner glauben. Nicht böse sein." Mit diesem Satz sprang Lilo vom Stuhl und schenkte sich ein Glas Milch ein.

Marta biss die Zähne zusammen, sie hatte gewusst, dass Lilo ihr nicht glauben würde. Sie an ihrer Stelle würde genauso reagieren. Marta nahm ihrer Tochter das auch nicht übel. „Mir ist bewusst, dass das für dich komplett verrückt klingen muss, und du kannst mir glauben oder nicht. Das musst du selbst entscheiden. Ich wollte nur, dass du Bescheid weißt. Irgendwann wirst du wissen, dass ich Recht hatte, und du wirst auch merken, wann es so weit ist."

Marta ging auf Lilo zu und strich ihr mit der Hand über den Kopf. Lilo schlürfte immer noch an ihrem Glas Milch, als Ben in die Küche kam, komplett ausgeschlafen und entspannt. Er hatte diesen Tag und die darauffolgende Nacht frei.

Als Ben nach seiner Nachtschicht ausgeschlafen hatte, war er zum Teich angeln gegangen und hatte dabei die Natur genossen. Jetzt war er hungrig und machte sich über die Reste der Pizza her.

Lilo klopfte ihrer Mutter noch einmal auf die Schulter. „Ich wünsche euch eine gute Nacht. Mehr Informationen ertrage ich heute nicht." Damit ging sie in ihr Zimmer.

Ben sah Marta mit vollem Mund fragend an. Die zuckte mit den Schultern: „Die spinnt doch. Da sag ich nur: Pubertät", und hatte damit perfekt von der Situation abgelenkt.

Ben gab sich zufrieden und widmete sich weiter seinem Abendessen. Marta schenkte sich jetzt auch ein Glas Milch ein und setzte sich zu ihm. Die beiden unterhielten sich noch eine Weile und gingen dann zu Bett.

Kapitel 10

Als Lilo am nächsten Morgen ins Klassenzimmer kam, wartete Caspar schon auf sie. Er saß bereits auf seinem Platz und seine blauen Marmoraugen sahen Lilo liebevoll an. Sein Blick ging Lilo durch und durch, als ob er in ihre Seele schauen würde. Das machte sie ein wenig nervös, aber das Gefühl der Freude war um einiges größer als die Nervosität.

Lilo setzte sich auch auf ihren Platz und drehte sich zu Caspar um. „Guten Morgen, gut geschlafen?", grinste sie ihn an.

Caspar grinste zurück: „Danke, der Nachfrage. Auch ich wünsche dir einen guten Morgen. Und, hast du gestern Nachmittag Spaß gehabt mir Emely? Was habt ihr denn die ganze Zeit gemacht, wenn ich fragen darf."

Lilo schlug ihre Beine übereinander: „Sicher darfst du fragen! Wir haben nichts Besonderes gemacht, wir waren bei mir zuhause und haben geredet. Mädchengespräche eben. Nichts, was zum Erzählen wäre." Sie konnte Caspar ja unmöglich sagen, dass er die Hauptperson in diesen Mädchengesprächen gewesen war.

Caspar bohrte auch nicht weiter nach. Schließlich konnte er ja ihre Gedanken lesen und wusste somit Bescheid. Er freute sich, Thema ihres Gesprächs mit ihrer Freundin gewesen zu sein und auch ständig durch ihren Kopf zu spuken. Er mochte Lilo wirklich und diese Art der Liebe war ihm neu. Die Gefühle, die er in seiner Menschengestalt für Lilo hatte, überwältigten ihn. Er hatte bis zu diesem Zeitpunkt nicht gewusst, wie stark so ein körperliches Verlangen nach jemandem sein konnte, und das war ein schönes Gefühl.

Schön langsam kamen auch die anderen drei ins Klassenzimmer. Emely zwinkerte Lilo zu, als sie sah, dass ihre Freundin bereits wieder mitten im Gespräch mit Caspar war. Sie setzte sich neben Lilo auf ihren Platz und saß einfach nur grinsend da. Lilo versuchte Emely die ganze Zeit mit unterschiedlichen Gesten zu vermitteln, dass sie das lassen sollte. Caspar bemerkte dieses Schauspiel und amüsierte sich köstlich.

Tim und Sandra saßen auch schon auf ihren Plätzen, als die Schulglocke läutete und der Unterricht begann.

Der Vormittag verging ganz schnell. Da das Wetter sehr schön war, schlug Lilo vor, wieder zum Teich zu fahren. Tim und Sandra hatten keine Zeit, sie mussten zum Zahnarzt. Emely hätte zwar Zeit gehabt, wollte Lilo und Caspar aber allein lassen. Diesen Gefallen tat sie ihrer Freundin sehr gern.

Caspar lud Lilo noch auf ein kleines Mittagessen ins Café ein, bevor die beiden danach ins Wäldchen fahren wollten. Lilo bestellte einen Toast und einen Apfelsaft, Caspar aß ein Sandwich und trank Wasser dazu.

Nach dem Essen ging es los. Beide setzten sich auf ihre Fahrräder und radelten durchs Dorf Richtung Teich. Es war Ende September und der Herbst klopfte bereits an die Tür. Der Himmel war immer noch ganz wolkenlos, die Luft aber schon um einiges kühler als noch vor ein paar Wochen. Man konnte es auch an den Blättern beobachten, die bereits anfingen sich zu verfärben, und wenn man ganz leise war, konnte man schon einige fallen hören. Bei etwas kräftigerem Wind raschelte es manchmal so laut, dass man sich umdrehen musste, weil man glaubte, es stehe jemand hinter einem.

Beim Teich angekommen, holte Lilo das Ruder aus dem Wohnwagen. Die beiden Verliebten kletterten ins Boot und ruderten bis zur Mitte des Teiches. Von dort ließen sie sich einfach treiben.

Lilo und Caspar sahen sich eine Weile nur schweigend an. Sie waren die Einzigen dort draußen bis auf die Tiere, die sich versteckten und stille Zeugen dieses schönen Nachmittags wurden.

Lilo ließ ihren Blick von Caspar ins Wasser schweifen und beobachtete nachdenklich das tanzende Glitzern der Sonnenstrahlen auf der Oberfläche. Caspar schaute in Lilos Gedanken und konnte sehen, dass sie über Martas Worte nachdachte. Er fand es gut, dass Marta den Mut zusammengebracht und ihrer Tochter von den übersinnlichen Wesen erzählt hatte. Er konnte sehen, dass Lilo zwar an solche Wesen glaubte, was sie ihm gegenüber ja auch schon zugegeben hatte, jedoch nicht, dass diese Wesen für die Menschen auch sichtbar werden konnten. Er hatte dafür Verständnis.

„Woran denkst du, Lilo?", fragte er und riss sie damit aus ihren Gedanken. Er wollte das Thema noch einmal vertiefen. Nicht nur, weil das sein Auftrag von Atura war, er hatte auch ein ganz eigenes Interesse daran, dass Lilo die ganze Wahrheit erfuhr – von ihm in seiner Menschengestalt.

„Du wirkst so, als würdest du über etwas nachdenken, etwas, das dich sehr beschäftigt." „Stimmt", entgegnete Lilo, „ mich beschäftigt wirklich etwas. Meine Mutter hat gestern Abend mit mir gesprochen und dieses Gespräch war komisch. Sie hat immer von diesen übersinnlichen Wesen gesprochen, du weißt schon, und davon, dass mein Vater und sie diese Wesen tatsächlich gesehen hätten, bei den Maya-Pyramiden. So ein Blödsinn, dachte ich mir zuerst, aber je öfter ich darüber nachdenke, desto mehr verwirrt es mich."

Caspar hörte Lilo aufmerksam zu: „Was verwirrt dich? Bist du dir nicht sicher, ob es vielleicht doch stimmt?" Lilo schaute Caspar verwundert an. Er fand es also gar nicht lächerlich, dass ihre Eltern diese Wesen vielleicht tatsächlich gesehen hatten. Darüber war sie sehr erleichtert!

„Findest du nicht, dass meine Mutter einen Knall hat? Ich meine, ich weiß, dass sie nicht verrückt ist, aber du kennst sie ja kaum und so eine Geschichte bekommt man nun mal nicht alle Tage zu hören. Die meisten würden sie als Irre bezeichnen?"

Caspar musste lachen: „Nein, Lilo, ich finde nicht dass deine Mutter eine Irre ist, wie du das so liebevoll ausdrückst. In dem Land, aus dem ich komme, gibt es viele Stämme, die das Gleiche glauben. Ich war oft bei ihnen und hab mir die Geschichten darüber angehört, wer diese Wesen sind. Wenn du willst, kann ich dir ganz genau erklären, was es mit ihnen auf sich hat und was für eine Rolle sie für den Menschen spielen."

Lilo wurde neugierig: „Ja, erzähl mir bitte von ihnen. Du glaubst also auch, dass es sie wirklich gibt? Brauchst es gar nicht abzustreiten! Also überzeuge mich", neckte sie ihn. „Ich bin ganz Ohr."

Sie ruderten zum Floß, setzten sich auf den Rand und hielten dabei das Boot mit ihren Füßen fest. So konnte es nicht abtreiben und diente gleichzeitig als trockener Untergrund für die Füße, die ja sonst im Wasser gebaumelt hätten.

Als beide es sich ganz bequem gemacht hatten, fing Caspar an: „Die Geschichten von diesen übersinnlichen Wesen hatten in den unterschiedlichen Stämmen verschiedene Versionen, ihr Inhalt aber war immer der gleiche: Diese Wesen seien von großer Gestalt, hieß es, und viel weiter entwickelt als der Mensch. Zuerst soll es das Universum gegeben haben, als größte Energie. Direkt danach seien jedoch schon diese Wesen erschienen, die für uns alles Übersinnliche verkörpern würden, was wir kennen: Engel, Feen, Elfen, Propheten und noch vieles mehr. Sie seien sehr mächtig, trotzdem aber gewissen Regeln verpflichtet, damit das Gleichgewicht im Universum aufrechterhalten bliebe. Den Menschen ähnelten sie zwar anatomisch, seien ihnen jedoch geistig weit überlegen, da sie Gedanken lesen und sich mental untereinander verständigen könnten, so wie sie auch in der Lage wären, sich in die Köpfe der Menschen zu begeben. So seien die Stimmen, die wir oft in uns hören und Gewissen nennen würden, in Wirklichkeit diese Wesen. Manche der Stammesangehörigen, denen ich zuhörte, glaubten, dass sie uns mit dieser Art führen und somit auch beschützen wollen, so als ob wir Menschen ihre Kinder seien. In der Welt der alten Kulturen mit ihren Ritualen werden diese Geschichten noch viel ernster genommen als bei uns. Heutzutage hat der Mensch keine Zeit mehr, sich auf seine innere Stimme zu besinnen, ja nicht einmal, sie richtig wahrzunehmen, und verliert dadurch immer mehr seinen Weg. All unser Wissen aber kommt von diesen übersinnlichen Wesen. Jeden Gedanken, jede Idee, die durch die Köpfe der Menschen schwirrt, haben sie uns eingegeben."

Lilo unterbrach Caspar: „Wirklich alle Ideen und Gedanken? Auch die bösen? Dann sind diese Wesen aber nicht so gut, wie sie sich gern darstellen. Ich meine, das Gute steht ja immer nur für das Gute und nicht für das Böse, wie Krieg, Hungersnot oder Naturkatastrophen."

Caspar hatte gewusst, dass Lilo bei diesem Punkt einhaken würde: „Die Stämme, die ich besucht habe, waren der Auffassung, dass es ein Gut und ein Böse, so wie wir es kennen, nicht gibt. Da gibt es keine klare Linie, man darf nicht nur Schwarz oder Weiß sehen. Es gibt auch viele Grautöne. Manchmal muss etwas Böses wie Krieg geschehen, damit das Gute seinen Weg weitergehen kann. Ich weiß, das ist nicht leicht zu verstehen. Ich habe auch eine gewisse Zeit dafür gebraucht."

Lilo runzelte die Stirn: „Da hast du recht. Was heißt, dass manchmal das Böse walten darf? Das kann doch nicht der richtige Weg sein, dass Menschen im schlimmsten Falle ihr Leben lassen müssen, nur weil das Gute so auch weiter existieren kann. Also das verstehe ich nicht. So gefällt mir das nicht."

Caspar schmunzelte: „Die Urvölker glauben daran. Diese übersinnlichen Wesen verkörpern das Gute und das Böse, so wie Yin und Yang, zum höheren Wohle. Ihre Aufgabe ist es, das Gleichgewicht der Erde stabil zu halten, und dafür sind positive von negativen Energien abhängig und umgekehrt. Und ob du es glaubst oder nicht, wir Menschen spielen auch eine wichtige Rolle dabei. Alles, was wir erleben, geschieht nur, um zu lernen und das Gelernte dann anzuwenden, vieles besser zu machen oder sogar komplett anders auszuprobieren. Wir haben eigentlich nur zwei Leben zu leben, um dann in eine andere Dimension zu verschwinden. Wir kultivierten Menschen sagen dazu Paradies."

Lilo hörte Caspar zu und bewegte dabei das Boot mit ihren Füßen hin und her: „Also soll es das Paradies im Grunde wirklich geben? Zwei Leben brauche ich, um dorthin zu kommen? Interessant! Klingt eigentlich gar nicht so schwierig."

Caspar ließ Lilo aussprechen und gab ihr im Grunde Recht: „Klingt wirklich nicht schwierig, aber für uns Menschen ist das schwieriger, als du glaubst. Früher, als wir mit der Natur noch mehr verbunden waren, hatten wir das besser im Griff. Aber irgendwann sind wir vom Weg abgekommen. Wir verloren den Zugang dazu, das Wesentliche im Leben zu erkennen. Wir haben uns zu sehr von den materiellen Dingen im Leben abhängig gemacht. Doch das Geld führt zu Egoismus, Oberflächlichkeit und schließlich auch Habgier. Und es lässt das Dein und Mein entstehen. Schluss mit Unser. Wir wollen einfach nicht lernen! Aber wie sollen wir dann jemals etwas Gelerntes anwenden? Die Menschen müssen viel zu viele Leben im ersten Teil des Lebens verbringen, um überhaupt in das zweite Leben zu kommen. Dadurch schaffen es nur wenige Energiefelder, wir sagen Seelen dazu, in die andere Dimension überzuwechseln. Und das wiederum hemmt den großen Energiefluss des Universums, was üble Folgen haben kann."

Lilo schaute Caspar an: „Was meinst du mit üble Folgen, dass das das Ende der Welt bedeuten kann? Das ist eine richtige Horrorgeschichte, an die die Urvölker da glauben. Ich meine, ich habe auch einiges von diesen Wesen gewusst von meiner Mutter, aber du erzählst mir viele Sachen, von denen ich noch nie gehört habe, und das Schlimmste daran ist, dass das auch irgendwie einen Sinn ergibt. Was können wir Menschen denn tun, um wieder auf den richtigen Weg zu kommen?"

Lilo wartete auf eine Antwort und schaute Caspar dabei mit großen Augen an. Der war ganz bezaubert von Lilos marmorierten Augen und hatte richtig Probleme, den Faden nicht zu verlieren: „Was hast du gerade gesagt? Ach ja, was wir tun können … Laut den übersinnlichen Wesen und den Urvölkern in meinem Land müssen wir wieder zum Anfang zurück. Wir müssen wieder lernen, auf unseren Instinkt zu hören und auf unsere innere Stimme. Nur dann treffen wir auch gute Entscheidungen. Wir müssen wieder lernen, dass in uns allen ein kleines Universum steckt, das es gilt, im Gleichgewicht zu halten. Wir sollten alles als uns zugehörig betrachten und als große Gemeinschaft leben. Und das Wichtigste: Wir müssen wieder lernen, dass wir ein kleiner Teil der Natur sind und die Überzeugung aufgeben, dass die Natur ein Teil von uns ist. Wir sind Natur, das haben wir nur vergessen. Schau dich um, Lilo, das, was du siehst, ist beinahe vollkommen, so wie es gedacht ist. Das ist nahezu unberührte Natur, fast heilig. Wir müssen mit der Natur leben, sie nicht zubetonieren, sie atmen lassen, nur so kann sie sich immer wieder regenerieren. Im Moment hindern wir sie schwer daran. Das stört den Energiefluss. Verstehst du?"

Caspar wartete auf Lilos Nicken. Lilo verstand ihn genau, also gab sie ihm Recht: Ja, das wäre der richtige Weg.

Caspar nahm Lilos Hand und Lilo durchfuhr es wie ein Blitz. Ihn zu spüren ließ ihre Nerven fast durchdrehen. Sie atmete leise tief durch, um ihre Aufgeregtheit in Griff zu halten. Beide schauten stumm aufs Wasser, um diesen Moment noch ein wenig wirken zu lassen.

Dann machte Caspar den Vorschlag, noch ein wenig zu rudern und dann schön langsam nach Hause zu fahren. Lilo war einverstanden und beide stiegen wieder zurück ins Boot. Während der Fahrt hielt Lilo nach ihren Fischen Ausschau, konnte aber keine entdecken. So drehten sie noch eine Weile ihre Runden in Ufernähe und ruderten dann an Land. Lilo stellte das Ruder in den Wohnwagen und dann radelten sie zurück ins Dorf.

Da Lilo großen Hunger hatte, überredete sie Caspar, noch, in der kleinen Pizzeria an der Ecke etwas zu essen. Weil Caspar auch hungrig war, willigte er gleich ein, ganz zur Freude von Lilo. Nachdem die zwei bestellt hatten, Lilo hatte sich für eine Pizza entschieden und Caspar für Spagetti, rief Lilo ihre Mutter an. „Hey, Mutti! Ich komme heute ein bisschen später heim, du musst dir keine Sorgen machen. Caspar und ich essen noch was und dann bringt er mich nach Hause." Marta war einverstanden. Sie wusste, dass ihre Tochter bei Caspar gut aufgehoben war.

Es dauerte nicht lange, da brachte die Kellnerin auch schon das Essen. Caspar und Lilo waren so damit beschäftigt, ihren Hunger zu stillen, dass sie dabei kein Wort miteinander wechselten. Sie grinsten sich nur hin und wieder an und amüsierten sich darüber, dass sie das beide in Ordnung fanden so.

Als sie aufgegessen hatten, war es bereits dunkel. Nur der Mond und ein paar Straßenlaternen spendeten ein wenig Licht. Caspar brachte Lilo also nach Hause. Als sie die Ortschaft hinter sich gelassen hatten, gab es nur noch das Licht des Mondes und sie mussten auf den Weg achten. Lilo hasste es, wenn unter diesen Umständen Autos an ihr vorbeifuhren, sie hatte dann nämlich immer das ungute Gefühl, übersehen zu werden. Außerdem war ein ziemlich starker Wind aufgekommen, was das Fahrradfahren nicht gerade leichter machte. Sie schaute in den dunklen Himmel und drehte sich dann zu Caspar: „Ich glaube, wir bekommen ein Unwetter. Obwohl es schon dunkel ist, dort drüben wird es noch dunkler."

Caspar schaute in die Richtung, in die Lilo zeigte. Sie hatte Recht, da braute sich wohl wirklich etwas zusammen. So legten sie noch einen Zahn zu, um vor dem Gewitter zu Hause zu sein. Es stürmte bereits, als sie ankamen, und Lilo hätte schwören können, bereits ein paar Regentropfen abbekommen zu haben. Vielleicht sollte Caspar sich doch lieber von ihrer Mutter nach Hause fahren lassen, schlug sie vor. Doch Caspar lehnte freundlich ab, gab Lilo einen sanften Kuss auf die Wange, lächelte sie an und fuhr so schnell er konnte zu seiner Gastfamilie.

Lilo schaute Caspar noch so lange nach, bis sie ihn nicht mehr sehen konnte. Dann drehte sie sich um, lehnte ihr Fahrrad an die Steinwand und ging ins Haus. Als Marta hörte, dass Lilo heimgekommen war, rief sie sie in die Küche. Lilo schlenderte an Ben vorbei, der gerade im Wohnzimmer saß und Sport guckte. Er hob zur Begrüßung die rechte Hand und schaute weiter wortlos und konzentriert in den Fernsehapparat. Lilo winkte genauso wortlos zurück, denn sie wusste, dass es jetzt keinen Sinn hatte, ihn anzusprechen.

Marta war gerade dabei, den Geschirrspüler auszuräumen, als Lilo in die Küche kam. Sie begrüßte ihre Tochter mit einem freundlichen „Hallo!". Lilo setzte sich auf eine der beiden Arbeitsflächen und sagte lächelnd: „Ich glaube, es zieht ein Unwetter auf. Draußen geht schon ein starker Wind." Marta schaute Lilo fragend an: „Und was findest du daran so toll?" Lilo musste lachen: „Nein, nein, gar nichts. Ich freue mich einfach nur so, weil mir halt danach ist. Das hat nichts mit dem

Wetter zu tun. Man braucht doch wohl nicht immer einen Grund, um glücklich zu sein, oder?"

Marta zog eine Augenbraue hoch: „Na wenn du das sagst. Dein Nichtgrund heißt nicht zufällig Caspar? Ihr ward ganz schön lange unterwegs! Das war heute eine Ausnahme, ich hoffe, das weißt du. Ich will, dass du bei Einbruch der Dunkelheit zu Hause bist. Bitte halte das in Zukunft wieder ein, ja?!" Marta war Lilo nicht böse, sie machte sich aber eben Sorgen, auch wenn Lilo diesmal mit Caspar unterwegs gewesen war.

Lilo versprach ihrer Mutter, dass das nicht mehr vorkommen würde. Sie wollte nicht, dass sie sich sorgte. Marta war zufrieden.

Lilo sprang von der Arbeitsfläche und stellte sich neben ihre Mutter: „Weißt du was, ich habe beschlossen, dass du doch nicht verrückt bist. Ich glaube dir jetzt nämlich, dass du mit Papa diese Wesen gesehen hast. Ich habe heute mit Caspar darüber gesprochen und er hat mir von den Urvölkern in seinem Land erzählt, die auch ganz fest an die Existenz dieser übersinnlichen Wesen glauben, wie übrigens auch Caspar selbst. Und wenn man sich das so durch den Kopf gehen lässt, dann macht das alles auch einen Sinn. Ich glaube euch, dass es diese Wesen wirklich gibt."

Marta hielt in ihrer Arbeit inne und schaute Lilo verwundert an: „Wirklich? Du glaubst mir die Geschichte? Du hast ja keine Ahnung, was das für mich bedeutet! Das ist wirklich wichtig für mich gewesen und für dich ist es auch wichtig. Glaube mir."

Marta redete mir gedämpfter Stimme. Sie wollte nicht, dass Ben von diesem Gespräch etwas mitbekam. Das merkte Lilo natürlich und sprach ihre Mutter prompt darauf an: „Warum redest du so leise? Wieso willst du nicht, dass Ben uns hört?" Marta schaute vorsichtig um die Ecke und versicherte sich, dass Ben immer noch vor dem Fernseher saß. Dann wandte sie sich wieder Lilo zu: „Ich habe dir ja gesagt, dass ich das sonst niemandem erzählt habe, auch Ben nicht. Das muss er nicht wissen." „Ist in Ordnung. Das kann ich verstehen", erwiderte Lilo, jetzt auch mit gedämpfter Stimme, gab ihrer Mutter einen Gutenachtkuss auf die Wange und steuerte ihr Zimmer an.

Dort lag sie wieder lange wach im Bett. Sie dachte über Caspar nach und über diese Wesen, die angeblich so mächtig sein sollten. Sie war fasziniert von dem Gedanken, dass so viele unterschiedliche Stämme und Kulturen an das Gleiche glaubten. Das war schon unheimlich, wenn man darüber nachdachte, dass das vielleicht wirklich so wäre. Sie schloss die Augen und versuchte sich diese Wesen vorzustellen: wie sie aussahen, wie sie sich zeigten und was das wohl für ein Gefühl wäre, ihnen einmal zu begegnen. Und wenn sie ehrlich war, verspürte sie auch den Wunsch, so etwas einmal selbst zu erleben, allein schon deshalb, weil sie dann ganz sicher sein könnte.

Lilo lag noch lange so in ihren Gedanken, bis sie endlich einschlief.

Kapitel 11

Diese Nacht ließ Lilo nicht zur Ruhe kommen. Sie wälzte sich in wirren Träumen in ihrem Bett von einer Seite auf die andere. Sie war an so vielen Orten gleichzeitig! Einmal mit Caspar am Teich, dann wieder bei ihrer Mutter im Buchladen und auch in der Schule bei ihren Freunden. Und immer stand ein Mann dabei. Sie hatte keine Ahnung, wer dieser Mann war. Aber er kam ihr freundlich vor und lächelte sie unentwegt an. Nur sie allein konnte ihn wahrnehmen. Die anderen sahen ihn nicht. Das war schon seltsam …

Sogar bei den Maya-Pyramiden in Tikal war sie. Dort sah sie ihre Mutter und vier weitere Gestalten, die von einem hellen Licht umgeben waren. Als sie sich nach dem Mann umdrehte, der sie die ganze Zeit begleitet hatte, war er nicht mehr da. Gerade wollte sie sich den Gestalten nähern, da wachte sie schweißgebadet auf.

Ihr Atem war schnell und tief. Lilo fühlte sich total verwirrt und benommen. Sie hatte keine Ahnung, was dieser Traum bedeuten sollte, der sich so echt angefühlt hatte. Auch der Mann ging ihr nicht aus dem Kopf. Sie blieb noch eine Weile im Bett liegen, um sich zu beruhigen, dann stand sie auf und ging sich frisch machen.

Caspar hatte ihr nicht gesagt, dass die übersinnlichen Wesen auch die Macht hatten, in den Träumen der Menschen zu erscheinen. Sie nutzten die Traumsymbole als weiteren Weg, sich mit den Menschen in Verbindung zu setzen, und erschienen ihnen in Gestalt sogenannter Archetypen, also Urgestalten wie Monster und Engel.

Kamen sie als Monster, deutete das auf einen gestörten Energiefluss, als Engel suchten sie einfach nur das Gespräch mit dem Betroffenen. Aber egal, in welcher Gestalt sie auftauchten, immer kamen sie mit Botschaften, die den Menschen unterstützen sollten. Meistens waren das dann diese Träume, die so wirklich erschienen, dass sie den Menschen oft aus dem Schlaf rissen und in seinen Gedanken verankert blieben.

Lilo hatte einen solchen Traum gehabt. Die Wesen hatten ihr damit zeigen wollen, wo ihr Weg noch hinführen würde, nur das wusste sie da noch nicht. Sie hatte nämlich überhaupt keine Ahnung von Traumdeutung.

Jetzt stand sie im Bad und schaute in den Spiegel. „Echt abgefahren, dieser Traum", sagte sie halblaut vor sich hin und schüttelte den Kopf. Während sie sich das Gesicht wusch, dachte sie, dass es ja auch kein Wunder sei, so einen Blödsinn zu träumen, wenn man den ganzen Tag nur über diese Wesen sprach. Damit erklärte sie sich die ganze Sache und hakte dieses Thema fürs Erste ab.

Es war Samstag, also keine Schule. Die Familie saß gerade beim Frühstück, als das Telefon klingelte. Marta ging ran. Es war Emely, die Lilo sprechen wollte. Marta rief ihre Tochter und setzte sich zurück zu Ben an den Tisch.

Lilo nahm den Hörer und begrüßte Emely: „Guten Morgen! Vermisst du mich oder ist irgendwas passiert, dass du so früh anrufst?!" Emely musste lachen: „Natürlich habe ich dich vermisst. Was glaubst du denn? Genau deswegen rufe ich an. Ich wollte dich fragen, ob du heute Nachmittag mit ins Kaffeehaus kommst? Tim und Sandra haben mich angerufen und gefragt. Ich habe ja gesagt und wollte dich auch einladen. Caspar wird auch kommen, Tim hat ihm Bescheid gesagt."

Wenn Caspar auch kam, durfte Lilo natürlich nicht fehlen. Sie fragte ihre Mutter, ob das in Ordnung ginge, und sagte dann Emely zu.

Sie freute sich schon auf das Treffen und machte sich sofort daran, das passende Outfit herauszusuchen. Es dauerte eine Weile, bis sie die richtigen Klamotten gefunden hatte. Sie entschied sich für eine ausgebliche- ne Jeans, die mit Sicherheit zwei Größen zu groß war. Dazu suchte sie sich einen breiten Gürtel aus, der die Jeans halten sollte. Als Oberteil wählte Lilo ein helles Longshirt und eine graue, kurze Weste mit kurzen Är- meln. Ein bunter Schal sollte das Ganze abrunden.

Während Lilo gerade alles sorgfältig auf ihr Bett leg- te, kam Marta ins Zimmer und ließ sie wissen, dass Ben und sie den schönen Tag nutzen wollten und nachmit- tags zum Fischen an den Teich fahren.

Die Stunden bis zur Verabredung kamen Lilo endlos vor. Sie konnte es kaum erwarten, endlich loszufahren. Dann war es so weit. Marta und Ben waren schon weg, als Lilo auf ihr Fahrrad stieg und losfuhr. Da es ja schon kühler war, hatte sie ihre Jeansjacke übergezogen und ihre schwarze Stoffkappe aufgesetzt. Sie genoss die Fahrt bis zum Kaffeehaus, denn es war zwar kühl, aber die Sonne schien und kitzelte ihr Gesicht.

Emely wartete schon vor dem Kaffeehaus. Es war außer ihr noch niemand da und sie hatte nicht allein hineingehen wollen.

Lilo winkte ihr, als sie abstieg. Sie ging auf Emely zu und die Freundinnen begrüßten sich mit einem „Hal- lo!". „Warum stehst du denn draußen?", wollte Lilo wissen, woraufhin Emely eine Grimasse schnitt: „Du weißt doch, dass ich das nicht mag. Da habe ich immer so ein ungutes Gefühl, wenn ich alleine wo sitze und warten muss. Mir kommt es dann immer so vor, als ob mich alle anstarren und wissen, dass ich auf jemanden warte. Das muss ich nicht haben." Lilo lachte Emely aus: „ Du Angsthase! Das bildest du dir nur ein. Komm, wir gehen rein und besetzen schon mal einen größeren Tisch, dass wir alle einen Platz haben." Mit diesen Worten nahm Lilo ihre beste Freundin bei der Hand und beide stolzierten ins Kaffeehaus.

Sie hatten Glück, der größte Ecktisch war noch frei. Emely und Lilo machten sich an dem Tisch breit. Sie legten ihre Jacken und Taschen auf die noch freien Stühle. Dann setzten sie sich, und während sie auf die anderen warteten, wollte Emely wissen, wie das Treffen am Tag zuvor mit Caspar verlaufen war.

Lilo hatte im Moment keine Lust, darüber zu reden, und versuchte vom Thema abzulenken. Darum schaute sie auf ihre Armbanduhr und zog eine Schnute: „Jetzt könnten die drei aber langsam mal kommen, sie verspäten sich schon ganz schön." Emely wusste genau, was Lilo vorhatte, und stieg nicht darauf ein. Sie drängte weiter: „Komm schon! Erzähl. Ich bin deine beste Freundin, das bist du mir schuldig."

Lilo war sich im Klaren darüber, dass Emely nicht aufhören würde, sie zu nerven, bis sie alles wusste. Da ohnehin noch keiner von ihren Freunden zu sehen war, ließ sie sich breitschlagen und fing an zu berichten. Sie stützte ihren Kopf dabei mit der Hand ab und schaute auf die Zahnstocher, die neben Pfeffer und Salz und einer kleinen, roten Kerze auf dem Tisch standen.

„Caspar und ich, wir haben nichts Besonderes gemacht. Also wenn du jetzt von mir hören willst, dass wir wie wild geknutscht haben, dann muss ich dich leider enttäuschen." Emely hob ihre Augenbrauen: „Und du sagst mir, ich sei ein Angsthase! Du magst ihn doch, oder? Dann wüsste ich nicht, was dich daran hindern sollte." Lilo hob ihren Blick und schaute Emely genervt an: „Hör auf damit. Das geht dich gar nichts an. Das ist allein meine Sache."

Emely musste jetzt schmunzeln: „Nicht ganz, Caspar darf auch mitreden und der wird dich sicher bald so richtig innig küssen. Vielleicht schon heute!" Mit diesen Worten deutete sie mit ihrem Kopf Richtung Tür, durch die die drei sehnsüchtig Erwarteten endlich eintraten.

Tim versuchte zu erklären, warum es etwas später geworden war, und entschuldigte sich auch gleich dafür. Er selbst war eigentlich der Grund des zu Spätkommens, weil er Caspar nämlich unbedingt noch seinen tollen neuen Computer hatte zeigen müssen. Tim war ein echter Computerfreak. Wenn er nicht gerade in der Schule saß oder mit seiner Schwester Sandra, mit Lilo oder Emely unterwegs war, saß er vor seinem PC, seinem Heiligtum. In dem Moment, als Lilo und Emely das Wort Computer hörten, waren sie auch schon im Bilde. Sie wussten, dass ihr Freund Raum- und Zeitgefühl verlor, wenn er vor diesem Ding saß. Deswegen waren sie ihm auch nicht böse.

Caspar, Sandra und Tim setzten sich nun auf die noch freien Plätze. Caspar machte es sich neben Lilo auf der Bank bequem. Tim und Sandra nahmen auf den Stühlen Platz. Dann bestellten sie sich etwas zu trinken. Lilo trank wie immer einen Apfelsaft. Emely bestellte sich einen Kaffee, Tim und Sandra nahmen eine Limo und Caspar ließ sich ein Wasser bringen.

Der Nachmittag wurde sehr schön. Sie tranken und aßen, plauderten über Gott und die Welt und spielten Billard. Das Kaffeehaus hatte nämlich im hinteren Raum einen Billardtisch. Sandra forderte Tim auf, mit ihr ein Spiel zu wagen. Ihr Vater hatte bei ihnen zuhause auch einen Billardtisch aufgestellt, sodass sie dieses Spiel ziemlich gut beherrschten. Tim war gleich einverstanden. Emely bot sich als Schiedsrichterin an und schon ging's los.

Lilo steckte einen Euro in die Musikbox und suchte „99 Luftballons" von Nena aus. Mit diesem Lied konnte man ihrer Meinung nach nichts falsch machen. Ansonsten hatte die Box nämlich nur Oldies zu bieten. Nachdem sie auf den Knopf gedrückt hatte, ging sie wieder zurück zu ihrem Platz neben Caspar. Die beiden fühlten sich wohl, wie sie so beieinandersaßen und den anderen beim Billardspielen zuschauten.

Nach einer Weile lehnte sich Caspar zu Lilo und fragte: „Willst du ein Spiel spielen?" Lilo schaute ihn mit großen Augen an: „Was für eins?" „Wir spielen, was denkt der andere. Man konzentriert sich auf eine Person im Raum und versucht ihre Gedanken zu lesen. Das kann sehr lustig werden!"

Irgendwie musste Caspar dahinkommen, Lilo zu zeigen, dass sie die Gabe besaß, Gedanken zu lesen. Sie war schließlich eine von ihnen. Atura sorgte sich darum, dass seine Tochter beim ersten Treffen Angst haben könnte, und deshalb hatte er Caspar gebeten, sie behutsam vorzubereiten. Das war allerdings gar nicht so einfach, er durfte ja nichts sagen. Lilo musste selbst darauf kommen. Also schlug er dieses Spiel vor.

Lilo fand die Idee lustig. Sie suchte sich Sandra als Testperson, schaute sie ganz konzentriert an, sodass sie die anderen überhaupt nicht mehr wahrnahm, und nach kurzer Zeit hörte sie wirklich Stimmen in ihrem Kopf. Allerdings konnte sie nichts verstehen, weil alle durcheinandersprachen.

Caspar verfolgte dabei Lilos Gedanken. Er hörte, was bei Lilo ankam, und erkannte, dass sie eben noch sehr ungeübt war und deswegen die Gedanken von allen Personen im Raum hörte. Aber das war normal am Anfang.

Lilo gab auf: „Genug, das ist immer das Gleiche. Ich höre zwar etwas, kann es aber nicht verstehen. Zu viele Stimmen!" Jetzt hätte sie sich am liebsten auf die Zunge gebissen. Das hatte sie doch nicht sagen wollen! Schon gar nicht laut! Ihr Gesicht färbte sich blutrot. Sie schämte sich vor Caspar. Ihr war nämlich klar, dass sie tatsächlich Stimmen hörte; und dass das etwas Besonderes war, brauchte ihr niemand zu erklären Und jetzt hatte sie sich ausgerechnet vor Caspar verplappert. Was sollte der nur von ihr denken? Dass sie eine Verrückte war? Am liebsten wäre sie im Erdboden versunken.

„Also ich finde das cool", kam jetzt von ihm. „Du kannst wahrscheinlich wirklich Gedanken lesen, wenn du sagst, du hast Stimmen gehört?! Und vielleicht waren das ja die Gedanken von allen hier im Raum. Deswegen hast du auch nichts verstanden, weil alle durcheinanderreden. Du solltest dieses Talent trainieren, dann schaffst du es sicher auch, einzelne Gedanken herauszufiltern. Ich an deiner Stelle würd das machen!"

Lilo schaute Caspar skeptisch an: „Willst du mich jetzt auf den Arm nehmen? Glaubst du wirklich, dass ich Gedanken lesen kann? Dass das überhaupt jemand kann, außer diesen Wesen? Das wäre schon ein wenig überheblich, so was zu glauben, oder?"

„Wieso überheblich? Du bist zu bescheiden. Wer sagt dir denn, dass Menschen nicht auch so eine Gabe besitzen? Also, ich glaube schon, dass manche von uns so was können."

Lilo beruhigte diese Antwort irgendwie. Sie war heilfroh darüber, dass Caspar sie nicht auslachte. „Also eins muss ich dir sagen", stammelte sie und gab Caspar einen leichten Stupser, „so jemanden wie dich hab ich noch nie getroffen. Du bist ganz anders als die andern. Wenn man dir so zuhört, könnte man glauben, du bist viel älter, als du aussiehst. Du trägst eine tiefe Weisheit in dir, wie von einer alten Seele. Ich frage mich gerade, wie viele Leben du schon leben musstest."

Caspar sah Lilo verwundert an. Das hatte er nicht gedacht, dass sie gleich mit dem herausplatzen würde, was ihr durch den Kopf ging. Er war ganz verdattert und musste erst überlegen, was er darauf antworten sollte. Doch viel Zeit blieb ihm nicht, denn Lilos Augen sahen ihn fragend an.

Er räusperte sich. „Das weiß ich nicht, keine Ahnung. Wäre das gut oder schlecht?" Lilo musste schmunzeln: „Das wäre gut, sogar sehr gut. Ich habe dir gerade ein Kompliment gemacht. Ich finde dich außergewöhnlich und ich steh auf so was. Nicht, dass du das jetzt falsch verstehst …"

Caspar lächelte, sagte aber nichts. Plötzlich hörte Lilo seine Stimme ganz deutlich in ihrem Kopf. Sie erschrak und schaute ihn erstaunt an: „Ich konnte dich gerade hören, ohne dass du deine Lippen bewegt hast. Und zwar ganz deutlich!" Er sah sie prüfend an: „Wirklich? Was habe ich denn gedacht?" Lilo wurde verlegen: „Dass du mich magst und mich auch einzigartig findest!" Caspar strahlte sie an: „Stimmt aufs Wort. Du kannst es wirklich!"

In diesem Moment bekam Lilo es mit der Angst zu tun. Das war schon heftig, was sie da gerade herausfand, und glauben konnte sie es immer noch nicht ganz.

Caspar spürte, was in Lilo vorging. Da musste sie jetzt durch! Er hatte gute Arbeit geleistet, sie war auf dem besten Wege, alles zu begreifen. Damit würde sie auch auf das Treffen mit ihrem Vater besser vorbereitet sein und könnte eine klarere Entscheidung treffen. Denn wenn sie sich einmal entschieden hätte, gäbe es kein Zurück mehr. Da er sie wirklich sehr mochte, hoffte er natürlich, dass sie sich für ihn und ihren Vater entscheiden würde. Schon in ihrer menschlichen Gestalt umgab sie ein so großes Energiefeld, wie schön musste es erst sein, sie in ihrer anderen Gestalt zu sehen. Er konnte es kaum erwarten.

Emely, Tim und Sandra hatten fertig gespielt und kamen zurück zum Tisch. Sandra hatte klar gewonnen und vollführte jetzt einen Siegestanz. Tim saß zerknirscht am Tisch und schaute seiner Schwester verärgert zu. „Du hast nur Glück gehabt, beim nächsten Mal stampfe ich dich in den Boden." Sandra musste lachen: „Das glaubst du doch selbst nicht! Das war kein Glück, ich bin ganz einfach viel besser als du und das wurmt dich und verletzt deine Männerehre." Tim schaute Sandra bissig an: „Lach nur, du wirst schon sehen, das nächste Mal gibt es keine Gnade. Dann wird dir das Lachen schon vergehen."

Das wäre noch lange so weitergegangen, hätte Emely nicht ein Machtwort gesprochen. Sie wusste, wenn die beiden erst so richtig in Fahrt kamen, dann würde es noch krachen. Das konnten sie gut. Grad noch waren sie ein Herz und eine Seele und im nächsten Moment konnten sie sich nicht ausstehen. Besonders, wenn das Wort „Männerehre" fiel, war es schon so manches Mal heftig geworden. Doch Emelys Intervention zeigte Wirkung. Beide stellten den Streit ein und gaben Ruhe.

Wieder einmal war die Zeit rasch vergangen und schon wurde es Abend. Die Freunde schmiedeten noch Pläne für den nächsten Vormittag, wo sie sich wiedertreffen wollten und ein Grillen am Teich vorbereiten. Als das ausgemacht war, verabschiedeten sie sich voneinander und ihre Wege trennten sich. Nur Caspar und Lilo gingen zusammen. Wie immer begleitet er sie nach Hause.

Lilo gefiel es, dass Caspar so fürsorglich war und sie immer nach Hause brachte. Noch im Kaffeehaus hatte sie für sich beschlossen, ihn heute richtig zu küssen. Sie dachte die ganze Fahrt darüber nach, wie sie das am besten anstellen sollte, und war sehr nervös. Caspar wusste natürlich, was in Lilos Kopf vorging, und er wollte gern, dass ihr Wunsch sich erfüllen würde. Nicht nur um ihretwillen. Auch er war nervös – noch ein Gefühl, das er bisher nicht gekannt hatte.

Sie fuhren still nebeneinanderher durch die Kastanienallee, bis sie auch schon vor Lilos Haus standen. Lilo lehnte ihr Fahrrad an die Steinwand und drehte sich zu Caspar um. Ihre Wangen waren leicht gerötet und ihre Augen mit der ungewöhnlichen Farbe fingen an zu glänzen. Caspar sah Lilo liebevoll an und zog sie sanft zu sich heran. Lilos Herz begann laut zu pochen. Sie sah Caspar in die Augen und konnte sehen, wie die weißen Schlieren seiner blauen Augen zu leuchten begannen. Dann schloss sie ihre Augen und konnte spüren, wie Caspars Mund den ihren berührte. Er zog sie noch näher zu sich heran und küsste sie so leidenschaftlich und zärtlich, dass Lilo glaubte umzufallen, wenn er sie losließe. Sie bekam weiche Knie und überall kribbelte es.

Der Kuss dauerte lange. Auch Lilos Augen begannen zu leuchten. Da wusste Caspar, dass es so weit war: Lilo hatte das Übersinnliche in sich freigelassen. Sie wurde zu dem, was sie in Wirklichkeit sein sollte. Es war ihr Weg, eines der übersinnlichen Wesen zu sein.

Die beiden umarmten sich noch einmal, küssten sich noch kurz und verabschiedeten sich. Lilo ging, noch immer ganz benommen, ins Haus und auf direktem Wege in ihr Zimmer, wo sie sich Liebeslieder auflegte und träumend in ihrem Bett lag. Sie war im siebten Himmel und hatte das Gefühl, fliegen zu können, so glücklich fühlte sie sich.

Bald schlief sie ein und hatte eine ruhige, traumlose Nacht. Sie schlief tief und fest bis zum Morgen.

Kapitel 12

Die Strahlen der Morgensonne kitzelten Lilos Nase. Lilo öffnete ein Auge und stellte fest, dass sie am Abend zuvor vergessen hatte, den Vorhang zuzuziehen, was der Sonne freies Spiel gelassen hatte. Lilo stolperte nun verschlafen zum Fenster und zog den Vorhang zu. Dann legte sie sich noch einmal ins Bett und schlief sofort wieder ein. Um halb zehn wachte sie erneut auf und erschrak. Jetzt hatte sie es doch tatsächlich geschafft zu verschlafen. Für um zehn Uhr war das Treffen mit ihren Freunden ausgemacht.

Lilo sprang aus dem Bett und wusste gar nicht, was sie zuerst machen sollte. Das war ein Wettlauf mit der Zeit, und es sah nicht so aus, als ob sie dieses Rennen gewinnen würde. Fix war sie angezogen und gewaschen und machte sich sofort auf den Weg. Dabei schaute sie immer wieder auf die Uhr, während sie kräftig in die Pedale trat. „Viel zu spät", dachte sie und legte noch einen Zahn zu.

Total außer Atem kam sie bei den anderen am Teich an. Tim sagte nichts, denn schließlich war er ja am Tag zuvor auch zu spät gekommen. Sandra war so damit beschäftigt, das Fleisch und Gemüse grillfertig zu machen, dass ihr gar nicht auffiel, dass Lilo zu spät war. Caspar freute sich sowieso, seine Freundin zu sehen, nur Emely grinste sie neckisch an. Sie wusste, dass Lilo eigentlich großen Wert auf Pünktlichkeit legte und nichts so sehr hasste wie zu spät zu kommen. Auch andern nahm sie das übel, ganz zu schweigen von sich selbst. So entschuldigte sie sich mehrmals wortreich und mit ehrlicher Reue.

Emely winkte nur ab: „Macht doch nichts. Hör auf, dich zu entschuldigen, und komm mit. Wir beide, du und ich, wir sind für die Salate zuständig." Dann drehte sie sich um und steuerte auf Sandra zu, um sich nützlich zu machen.

Lilo stand immer noch so da, wie sie angekommen war, gerade vom Fahrrad gestiegen, und schaute etwas verlegen zu Caspar. Der nahm ihr das Fahrrad ab und gab ihr zur Begrüßung einen zärtlichen Kuss: „Guten Morgen. Endlich bist du da, ich habe schon gewartet auf dich!" Mit diesen Worten lehnte er Lilos Fahrrad an einen Baum und nahm ihre Hand, um sie zu den anderen zu führen.

Emely sah sofort, dass die beiden Hand in Hand gingen. Sie fing an zu hüpfen und klatschte dabei in die Hände „Ist es endlich so weit? Seid ihr jetzt ein Paar? Das wurde aber auch Zeit, sag ich euch!" Sie lief Lilo entgegen und umarmte ihre Freundin lachend. Lilo wusste gar nicht, wie ihr geschah. Auch Tim und Sandra gratulierten den beiden. Lilo fühlte sich geehrt, dass ihre Freunde so großen Anteil an ihrem Glück nahmen, und war stolz darauf, so gute Freunde zu haben. Auch Caspar tat das gut.

Nach diesem angenehmen Zwischenspiel machten sich die fünf daran, ihr Mittagessen anzurichten. Die Jungs waren für den Grill zuständig, die Mädchen kümmerten sich um die Beilagen und den Tisch.

Als endlich alles fertig war, ließen sie es sich schmecken und hauten richtig rein. Nach dem Essen zauberte Emely zur Freude aller eine Thermoskanne mit heißem Kaffee aus ihrem Rucksack. Lilo hatte einen Kuchen dabei, den sie neben die Thermoskanne auf den Tisch stellte. So war alles gerecht verteilt: Tim und Sandra hatten für das Fleisch und die Getränke gesorgt, Lilo und Emily waren nun für den Nachtisch verantwortlich, Beilagen hatte sowieso jeder dabei gehabt, nur Caspar, weil er noch neu war, hatte quasi als Ehrengast nichts mitbringen müssen, So ließen sich alle zum Abschluss Marmorkuchen und Kaffee schmecken.

Lilo war so satt, dass sie das Gefühl hatte, gleich zu platzen. Den anderen ging es ähnlich. Tim entfuhr ein lauter Rülpser und alle mussten lachen, als er sich mit großen Augen die Hand vor den Mund hielt. Dann musste er aber auch über sich lachen.

Nachdem die fünf noch eine Zeit lang herumgesessen und gequatscht hatten, räumten sie zusammen auf: Caspar und Tim kümmerten sich um den Grill, den sie gründlich reinigten. Lilo holte mit einem Kübel Wasser aus dem Teich und wusch das schmutzige Geschirr ab. Emely half ihr und trocknete ab. Sandra machte den Tisch sauber.

Nachdem alles blitzeblank war, schlug Caspar Lilo einen Spaziergang vor. Emely, Sandra und Tim sangen im Chor: „Natürlich will sie!!", und schauten dabei herausfordernd zu Lilo. Die hätte natürlich sowieso ja gesagt und zwinkerte aber trotzdem ihren Freunden zu. „Na, wie könnte ich da jetzt noch etwas dagegen haben?"

So nahm Caspar schnell Lilos Hand und beide spazierten los. Sie folgten einem schmalen Pfad, der mitten durch den Wald führte. Dabei genossen sie die Natur und beobachteten die Tiere, die sich zeigten: ein Hase, ein Eichhörnchen, Rehe und sogar ein Wildschwein. Das hatte sich zuerst in einem Gebüsch versteckt, sprang dann, als die beiden näher kamen, mit einem

Satz heraus und lief davon. Lilo rutschte das Herz fast in die Hose, so sehr erschrak sie. Sie hüpfte wohl einen Meter zurück, direkt in Caspars Arme, der mittlerweile hinter ihr ging, weil der Weg so schmal war. Sie war ganz bleich im Gesicht und stammelte. „Die blöde Sau hat mich jetzt aber erschreckt."

Als der erste Schreck vorbei war, prusteten sie los und konnten gar nicht mehr aufhören zu lachen. „Die blöde Sau", sagte Lilo noch einmal und entfachte damit eine neue Lachsalve. „Da sag ich glatt zu der Sau, dass sie eine blöde Sau ist. Als ob das ein Schimpfwort für die Sau wäre. Sie ist ja schließlich eine Sau. Naja, dass ich sie auch noch blöd genannt habe, das könnte sie mir eventuell übelnehmen." Die beiden krümmten sich vor Lachen. Lilo zerkugelte sich so sehr, dass sie nicht einmal mehr gerade stehen konnte.

Endlich hatte die Alberei ein Ende gefunden und sie gingen weiter, bis sie an eine Lichtung kamen, auf der sie einen großen, abgeholzten Eichenstamm liegen sahen. Ein perfekter Platz für eine Pause! Die beiden ließen sich auf dem Stamm nieder, lauschten den herunterfallenden Blättern und genossen einfach nur die Zweisamkeit.

Caspar legte seinen Arm um Lilo und drückte sie fest an sich. Dann schickte er ihr einen Gedanken, den sie sofort in ihrem Kopf wahrnahm. Sie sah Caspar ganz verliebt an. „Ich dich auch", entgegnete sie ihm auf sein Liebesgeständnis. „Du kannst es immer noch, siehst du. Das finde ich echt cool." Caspar war ganz begeistert. „Ja, das finde ich auch", stimmte sie ihm zu. „Aber weißt du, was noch cooler war? Der Kuss gestern Abend!" Caspar setzte ein breites Lächeln auf. „Da hast du recht, der war obercool. Das könnte man wiederholen." Dabei streichelte er Lilo zärtlich übers Gesicht. Ihre Köpfe kamen sich immer näher, bis sie sich zum zweiten Mal küssten – genauso innig wie beim ersten Mal.

Wieder sah Lilo Caspar dann in die Augen und konnte die weißen Schlieren leuchten sehen. „Weißt du eigentlich, dass die weißen Schlieren in deinen wirklich wunderschönen Augen manchmal leuchten? Jetzt gerade zum Beispiel. Das sieht echt abgefahren aus. Als ob du nicht von dieser Welt wärst!" Lilo fühlte sich wie hypnotisiert durch dieses Leuchten.

Caspar wusste gar nicht, was er sagen sollte. Auf frischer Tat ertappt! Er schloss schnell die Augen und drehte seinen Kopf kurz weg. Er musste überlegen. Es fiel ihm aber gar nicht so leicht, einen klaren Gedanken zu fassen, besonders weil Lilos Augen auch so faszinierend leuchteten. Dazu hatte sie ihn so intensiv angeschaut, dass er schon ganz wirr war. In Menschengestalt trafen ihn all diese Gefühle ganz ungefiltert. Das war er nicht gewöhnt. Und was er nicht vergessen durfte bei all dem Gefühlschaos: Lilo durfte noch nicht alles wissen. Also was sollte er jetzt sagen?! Da er keine Ahnung hatte, sagte er einfach nichts.

Lilo runzelte die Stirn: „Hab ich etwas Falsches gesagt? Tut mir leid, das wollte ich nicht!"

Caspar konnte sie wieder ansehen. „Nein! Alles in Ordnung! Du hast nichts Falsches gesagt. Wirklich nicht!" Lilo sah Caspar fragend an: „Du hast das gar nicht gewusst, dass deine Augen leuchten können, oder?" Da hatte sie ihm eine perfekte Erklärung zur Verfügung gestellt, auf die er auch wirklich allein hätte kommen können, ärgerte Caspar sich, bevor er Lilo verlegen anlächelte. „Das hat mir tatsächlich noch niemand gesagt und ich hab's auch noch nie selbst gesehen. Echt verrückt", bekräftigte er seine Notlüge.

Lilo kaufte ihm das voll ab. Schon allein deswegen, weil es ihr gefiel, dass sie ihm auch einmal etwas Neues hatte erzählen können. Bis jetzt war das immer umgekehrt gewesen.

Caspar spielte noch ein wenig den Erstaunten und nach einer Weile ließ Lilo von ihm ab. Die beiden saßen sicher noch eine halbe Stunde eng umschlungen auf dem Baumstamm, bis es Lilo wieder zu den anderen zog. Sie gingen denselben Weg zurück, den sie gekommen waren, so fand man am leichtesten wieder aus dem Wald heraus. Es hatte nämlich schon Leute gegeben, die sich dort verirrt hatten. Das war nicht ungefährlich.

Schon von Weitem sahen sie die andern. Tim hatte sich Bens Fischersitz aus dem Wohnwagen geholt und fütterte die Fische.

Emely und Sandra ruderten mit dem Boot um das Floß herum. Es machte den Eindruck, als ruderten sie nicht miteinander, sondern gegeneinander, was das Ganze ein wenig unharmonisch aussehen ließ, wie zwei Besoffene. Emely schrie Sandra an. „Was machst du denn? Du musst *mit* mir rudern, nicht *gegen* mich! So wird das nie was! Wir kommen überhaupt nicht voran. Du machst mich wahnsinnig! Bitte zieh dein Ruder aus dem Wasser, ich mache das allein", zischte sie Sandra an. Die musste lachen. Emely regte sich so auf, dass sie einen ganz roten Kopf bekam, fast röter noch als ihre Haare. Aber Sandra konnte nicht anders und musste lachen. Das machte aber Emely noch wütender: „Du findest das lustig? Na wie schön, dass ich dich ...", und dann wurde sie richtig laut, „... so gut unterhalte!!"

Caspar und Lilo waren inzwischen bei Tim angekommen und alle drei versuchten lachend, Emely vom Ufer aus zu beruhigen. Die ruderte das Boot jetzt allein, wie eine Verrückte. Endlich erreichten sie das Ufer.

Sandra hüpfte sofort an Land und zog das Boot weiter ans Ufer, damit es nicht abtreiben konnte. Danach entfernte sie sich so schnell sie konnte von Emely.

Lilo kam Sandra bereits entgegen und ging zu der wütenden Emely, um sie zu beruhigen, was ihr nach einer Weile auch gelang.

Dann saßen alle fünf am Tisch und Sandra bat Emely um Entschuldigung: „Tut mir leid, aber dein Gesicht ist so rot geworden und dann hast du auch noch angefangen zu schreien. Das sah so komisch aus! Ich wollte dich nicht auslachen. Wirklich nicht."

Als Emely die Vorstellung, wie sie ausgesehen haben mochte, durch den Kopf ging, musste auch sie lachen und nahm Sandras Entschuldigung gleich an. Die beiden waren wieder Freundinnen.

Die fünf blieben noch etwa zwei Stunden im Wald beim Teich und unterhielten sich. Lilo saß natürlich bei Caspar. Sie erzählten von ihrem Erlebnis mit dem Wildschwein und versuchten dabei das ganze Schauspiel nachzuspielen. Zur Belustigung aller Anwesenden!

Ein Witz folgte dem anderen. Es war wirklich ein schöner Abend, aber auch der ging irgendwann zu Ende. Die Freunde räumten alles auf seinen Platz und machten sich auf den Heimweg.

Caspar begleitete Lilo wieder nach Hause, so wie er es ab jetzt am liebsten immer machen wollte. Sie ständig um sich zu haben, das war sein Traum, und er hoffte inständig, dass er in Erfüllung gehen würde.

Sie verabschiedeten sich mit einem Kuss und diesmal konnte Lilo kein Leuchten in Caspars Augen sehen,
das machte sie nachdenklich. Aber sie sprach ihn nicht
darauf an.

Caspar fuhr los und Lilo ging ins Haus. Sie gesellte
sich noch etwas zu Ben und Marta und berichtete, was
sie erlebt hatte, bis auf das mit den leuchtenden Augen,
das behielt sie für sich.

Es war schon spät, als Lilo endlich ins Bett kam. Mit
dem grausligen Gedanken, am nächsten Morgen wieder
früh aufstehen zu müssen, schlief sie dann endlich ein.

Kapitel 13

Am nächsten Morgen läutete der Wecker, wie Lilo fand, viel zu früh. Sie war doch gerade erst eingeschlafen! Bei ihrem Versuch, das erbarmungslose Weckgeräusch loszuwerden, fiel ihr Blick auf das Ziffernblatt und sie sah, dass es wirklich schon Zeit war aufzustehen. Unglaublich! Sie ließ ihren Kopf noch ein letztes Mal in die Kissen fallen, bevor sie sich aus dem Bett rollte und zum Bad schlenderte. Heute hatte sie die kalte Dusche zum Munterwerden wirklich bitter nötig!

In der Küche traf Lilo auf Marta und Ben, die schon beim Frühstück saßen. „Guten Morgen", sagte Lilo, schenkte sich einen Kaffee ein, setzte sich auf ihren Stuhl und nahm sich ein Croissant, das sie in ihren Kaffeebecher tunkte.

Ben schaute Lilo an: „Diese Woche hast du Geburtstag?! Du hast uns immer noch nicht gesagt, was du machen willst. Viel Zeit, dir etwas auszudenken, hast du nicht mehr."

Lilo sah ganz schockiert von ihrem Frühstück auf: „Ach ja, ich habe diese Woche ja meinen siebzehnten Geburtstag. Das habe ich glatt vergessen. Was sagt man dazu?!" Sie lachte Marta und Ben an. Ben lächelte zurück. Nur Marta fiel es schwer, ein Lächeln über ihre Lippen zu bekommen. Bald musste sie ihre Tochter vielleicht loslassen. Das machte sie traurig, doch sie sorgte dafür, dass weder Ben noch Lilo etwas von ihren Gefühlen mitbekamen.

Genau wie ein paar Tage zuvor musste Lilo Ben enttäuschen, sie wusste immer noch nicht, was sie an ihrem

Geburtstag machen wollte. Sie hatte in letzter Zeit so viel Neues und Besonderes erlebt, dass sie gar keine Zeit gehabt hatte, über ihren Geburtstag nachzudenken.

Lilo, Ben und Marta beendeten gemeinsam ihr Frühstück und jeder ging dann seines Weges: Lilo in die Schule, Marta in den Buchladen und Ben ins Krankenhaus.

In der Schule war immer noch alles beim Alten. Die Schüler saßen ihre Unterrichtsstunden ab, bis zur einstündigen Mittagspause. Die genossen die fünf Freunde diesmal im Freien. Sie holten sich einen Snack aus der Kantine und setzten sich auf eine kleine Steinmauer, die neben der Schule stand.

Sandra packte ihr Sandwich aus und sah Lilo an: „Du hast bald Geburtstag! Um genau zu sein, in zwei Tagen. Dann heißt es Partytime!!" Lilo rollte mit den Augen: „Jetzt nicht du auch noch! Meine Mutter und Ben haben mich heut früh schon darauf angesprochen. Als ob das was Besonderes wäre. Ist doch nur ein Geburtstag!"

Da mischte sich Tim ein: „Nur ein Geburtstag? Na hör mal, jeder Geburtstag ist was Besonderes! Schließlich ist es der Tag, an dem man geboren wurde, und das sollte man auf jeden Fall feiern." Emely gab Tim Recht, nur Caspar hielt sich im Hintergrund. Er wollte dazu nicht viel sagen, also nickte er einfach nur.

Es dauerte jetzt nicht mehr lange, bis Lilo die ganze Wahrheit erfahren würde, und das beschäftigte Caspar sehr. Er wusste ja nicht, wie sie reagieren würde, und das machte ihn sehr unsicher.

Lilo spürte, dass etwas mit Caspar nicht stimmte. Er war viel ernster als sonst. „Alles in Ordnung?", fragte sie ihn, „du kommst mir so abwesend vor." Caspar grinste Lilo an und flüsterte ihr ins Ohr: „Alles bestens. Ich überlege nur gerade, was ich morgen mit dir machen soll. In meiner Heimat feiert man den Geburtstag nämlich einen Tag vorher."

Am nächsten Tag war es also so weit. Da würde sie ihrem Vater gegenübertreten. Danach hatte sie dann vierundzwanzig Stunden Zeit, eine Entscheidung darüber zu treffen, wo sie ihren Weg sah. Zu diesem Treffen musste Caspar Lilo unbedingt an einen geeigneten Ort bringen.

Lilo lächelte Caspar an: „O.k.! Ich lass mich überraschen. Denk dir was für morgen aus! Ich bin mit Sicherheit dabei. Nur heute kann ich nicht, ich habe Lesestunde im Buchladen."

Jetzt läutete die Schulglocke die letzten Unterrichtsstunden ein, die schnell vorbei waren. Vor der Schule verabschiedeten sich die Freunde voneinander und Lilo fuhr zu Marta in den Buchladen. Caspar ließ Lilo heute allein mit ihrer Mutter. Er musste sich auf den morgigen Tag vorbereiten.

Beim Buchladen angekommen, stieg Lilo von ihrem Fahrrad und ging in den Laden. Marta stand gerade auf einer alten Holzleiter, die an einem großen, massiven Holzregal lehnte, und räumte Bücher ein.

„Hallo Mutti", begrüßte Lilo sie. Marta schaute zu ihrer Tochter hinunter: „Hallo, mein Kind. Schön, dass du schon da bist. Da kannst du mir ja kurz helfen." Sie deutete auf einen Karton mit Büchern, der bei der Kasse stand. „Bitte sei so lieb und reiche mir die Bücher da hinauf, dann muss ich nicht ständig von der Leiter runterklettern." Diese Kletterei ging Marta nämlich mit der Zeit ganz schön in die Beine und deswegen war sie dankbar, dass Lilo ihr nun helfen konnte.

Während Lilo Marta die Bücher der Reihe nach hinaufreichte, fragte sie ihre Mutter, ob sie am nächsten Tag die Lesestunde auslassen könnte, um mit Caspar den Nachmittag zu verbringen. Sie erklärte Marta, wie das mit der Geburtstagstradition in Caspars Land war, was Marta versteinern ließ. Um sich nichts anmerken zu lassen, räumte sie weiter die Bücher, die sie in der Hand hielt, ins Regal. Dabei starrte sie jedes einzelne so an, als ob sie zum ersten Mal in ihrem Leben ein Buch sehen würde. Natürlich wusste Marta, dass der nächste Tag Lilos großer Tag war und dass sie dann ihren Vater treffen würde. Was sie aber noch nicht wusste, war, dass Caspar sie zu diesem Treffen führen sollte! Dass Atura wieder einmal geglaubt hatte, das einfach über ihren Kopf hinweg entscheiden zu können, gefiel ihr überhaupt nicht! Hier war das letzte Wort für sie noch nicht gesprochen. Darüber musste Atura sich noch einmal mit ihr auseinandersetzen, ob er wollte oder nicht.

„Wenn du unbedingt willst, kannst du morgen ruhig blaumachen", hörte Lilo ihre Mutter von der Leiter herunter sagen. „Wo wollt ihr denn hin?" Natürlich wollte Marta unbedingt wissen, wo das Treffen stattfinden sollte, aber Lilo konnte ihr darauf keine Antwort geben. Sie wusste ja selbst nicht, wo Caspar mit ihr hinwollte. „Ich hab noch keine Ahnung. Er hat mir gesagt, er wolle mich überraschen." Ihre Augen glänzten dabei: „Ist das nicht romantisch?"

Marta überspielte ihre Enttäuschung darüber, dass sie nicht die Antwort erhielt, die sie sich erhofft hatte, gab ihrer Tochter aber Recht, um einer Diskussion zu entgehen.

Lilo war froh, dass ihre Mutter ihr das Treffen mit Caspar erlaubt hatte, und marschierte zufrieden in ihre

Leseecke. Heute wollte sie die Vorlesestunde einmal anders gestalten: nichts vorlesen, sondern etwas erzählen, nämlich die Geschichte von den übersinnlichen Wesen.

Sie hatte sich überlegt, die Geschichte kindgerecht zu verpacken, und die Kinder waren auch ganz gefesselt, als sie ihnen erzählte, wer diese Wesen waren und warum sie da waren. Einige Passagen ließ Lilo aus, wie den Teil mit den zwei Leben der Menschen und die Sache mit dem Gut und Böse. Sie wusste einfach nicht, wie sie das den Kindern erklären sollte. Das mit dem Yin und Yang verstand sie ja selbst kaum!

Die Kinder hingen förmlich an ihren Lippen und saugten jedes Wort von ihr auf. Auch Marta hörte zu, sie wusste ja nicht, wie viel Caspar ihr schon erzählt hatte von ihrer zukünftigen Familie, aber ihr gefiel die Art und Weise, wie Lilo den Kindern die Wesen vermittelte. Sie machte das wirklich gut. Sie würde sicher eine gute Figur abgeben in der anderen Welt. Da war sich Marta plötzlich sehr sicher.

Als Lilo zu Ende erzählt hatte, konnte sie sich gar nicht retten vor den Fragen der Kinder. Die wollten gar nicht mehr lockerlassen: Wo die Wesen herkamen, wie sie aussahen, ob sie sie sehen konnten, ob es sie wirklich gab und noch vieles mehr. Auf einige Fragen wusste Lilo selbst keine Antwort. Dann gab es auch noch solche, über die Lilo schmunzeln musste, aus Kindermund eben. Und so zog sich Lilos Lesestunde ungeplant in die Länge. Zum Schluss brauchte sie Martas Hilfe, um die Kinder zu beruhigen und nach Hause zu schicken.

Lilo war fix und fertig. Heute hatten die Kinder sie besonders herausgefordert. Sie hatte ja keine Ahnung gehabt, dass sie mit ihrer Geschichte so ins Schwarze treffen würde. So viele Fragen hatten sie noch nie gestellt.

Lilo setzte sich auf den Hocker neben der Kasse und atmete tief durch. Marta drückte ihr ein Glas Milch und Kekse in die Hand. „Etwas zur Stärkung, mein Kind. Nimm, das wird dir guttun. Deine Geschichte hat mir gefallen. Du hast sie wirklich gut erzählt." „Findest du? Ehrlich gesagt bin ich auch dieser Meinung. Hast du gesehen, wie erwartungsvoll mich die Kinder angesehen haben? Was für große Augen sie gemacht haben? Meine Geschichte hat ihnen wirklich gefallen. Das finde ich super!"

„Du kannst wirklich stolz auf dich sein, ich bin es auch" unterstrich Marta Lilos gutes Gefühl. „Ja, das bin ich, Mutti!", erwiderte Lilo und ließ den letzten Keks in ihrem Mund verschwinden. Mutter und Tochter tranken ihre Milch aus und schlossen dann den Buchladen ab, um nach Hause zu fahren. Marta nahm Lilo und ihr Fahrrad im Geländewagen mit.

Zuhause wartete Ben schon auf seine zwei Mädchen und hatte zum Zeitvertreib den Fernseher angemacht. Lilo und Marta stolzierten ins Wohnzimmer und Marta gab Ben einen Kuss zur Begrüßung. Dann setzten sie sich zu ihm. Sie redeten, schauten fern und plauderten dann wieder über den Film, den sie sich ansahen.

Lilo fand diesen Film echt blöd, viel zu unrealistisch waren die Szenen für ihren Geschmack. Ben wiederum fand den Film gar nicht so schlecht und das führte zu einer Diskussion zwischen den beiden, deren Leittragende Marta war, die sich den Film einfach nur zu Ende ansehen wollte und die nun fast nichts mehr verstehen konnte. Sie beugte sich protestierend vor und griff nach der Fernbedienung, um lauter zu drehen. Dabei schaute sie die zwei genervt an und schüttelte den Kopf. Diese Geste reichte, um den beiden zu vermitteln, dass sie ihren Mund halten sollten. Ben und Lilo hatten verstanden und stellten ihre Diskussion ein.

Der Film dauerte lange, Lilo war schon fast eingeschlafen. Aber sie hielt tapfer bis zum Ende durch und wackelte dann hinauf in ihr Zimmer, dicht gefolgt von Marta und Ben, die auch schlafen gingen.

Kapitel 14

Es war Mitternacht, als Marta leise ihr Bett verließ. Sie war dabei so vorsichtig, dass es ihr gelang, Ben nicht aufzuwecken.

Schnell zog sie sich ihren Morgenmantel über und schlich aus dem Schlafzimmer. Im untern Stock angekommen, schlug sie die Richtung zum Garten hinter dem Haus ein. Martas Garten hatte sich im Laufe vieler Jahre so gestaltet, wie es zu ihr passte: grad so wie von der Natur vorgesehen. Alles wuchs durcheinander und in der Mitte stand eine große, alte Trauerweide, in deren Schutz sich eine Holzbank fand. Marta stellte sich vor die Weide und schloss ihre Augen. Dabei schaute sie zum Himmel, rief Atura mit ihren Gedanken und forderte ihn auf zu erscheinen, wobei sie sich sehr stark auf seine Person konzentrierte.

Marta stand lange so da, aber sie konnte Atura weder sehen noch hören. Das machte sie ungeduldig und auch ein wenig wütend: „Das wagst du nicht, einfach nicht zu reagieren", dachte sie gerade, als Atura auf einmal vor ihr stand verdeckt noch von der Trauerweide. Darum hatte sie ihn zuerst auch nicht wahrgenommen. Aber dann hatte sie seine Stimme gehört, war ihr in die Richtung, aus der sie kam, gefolgt, und da stand er, streckte ihr seine Hand entgegen und sagte: „Setzen wir uns." Marta reichte ihm ihre Hand und folgte ihm zur Bank. Atura setzte sich neben sie und sah sie liebevoll an. „Hallo Marta. Du willst mich sprechen?"

Marta machte ein verächtliches Gesicht: „Als ob du das nicht schon wüsstest! Du hast doch sicher schon in meine Gedanken geschaut und bist bestens informiert. Es schmerzt mich, dass du mich immer noch für so naiv hältst und glaubst, dass ich das nicht wissen würde." Sie schaute Atura dabei prüfend an.

Atura gab zu, Martas Gedanken gelesen zu haben, und entschuldigte sich dafür. Wofür er sich nicht entschuldigte, war die Entscheidung, Caspar zu Lilo geschickt zu haben, von der ging er nicht ab. Er war der festen Überzeugung, dass Caspar der Richtige war, um Lilo am folgenden Tag zu begleiten, denn er präsentierte sich im gleichen Alter wie Lilo, wodurch der Zugang zu ihr einfach leichter war. Außerdem vertraute Lilo Caspar, und das Wichtigste: Die beiden liebten sich. Wer, wenn nicht Caspar? Wer war geeigneter als er? Das versuchte Atura Marta zu erklären.

Aber Marta war verletzt, dass Atura nicht daran gedacht hatte, dass sie Lilos Mutter war. Es war ihr Recht und auch ihre Pflicht, dabei zu sein, wenn ihre Tochter alles erfahren sollte. Schließlich war Lilo ihr einziges Kind, sie konnte sie bei so etwas doch nicht einfach allein lassen!

Atura nahm Martas Gedanken auf und legte seinen Arm um ihre Schulter: „Ich weiß, dass das schwer für dich sein muss, aber du musst stark sein und auf Lilo und Caspar vertrauen. Das heißt ja nicht, dass du dich nicht verabschieden darfst von deiner Tochter. Du bist ihre Mutter, der wichtigste Mensch in ihrem Leben. Lilo wird einen ganzen Tag Zeit für ihre Entscheidung haben und diese Zeit wird sie mit dir verbringen. Das verspreche ich dir!"

Marta verstand Aturas Überlegungen. Er hatte auch mit allem Recht, was er sagte, das musste sie zugeben. Also stimmte sie ihm zu und fragte ihn noch, wo das

Treffen mit Lilo stattfinden würde. Und diesmal bekam sie eine Antwort.

Atura hatte den Teich im Wald ausgewählt. Dort waren sie mitten in der Natur und die Möglichkeit, dass sie von jemandem gesehen wurden, war gering.

Marta war gar nicht überrascht. Sie hatte schon so eine Ahnung gehabt. Schließlich war der Teich der perfekte Ort für diese Begegnung.

Sie erhob sich, nickte Atura zu und wollte zurück ins Haus gehen. Als sie sich noch einmal umdrehte, war Atura schon verschwunden, genauso schnell und leise, wie er gekommen war. Also war das Gespräch auch für ihn beendet.

Sie schlich zurück ins Bett zu Ben, der immer noch tief und fest schlief, kuschelte sich zu ihm und schlief auch bald wieder ein.

Kapitel 15

Am nächsten Morgen stand Lilo bereits arbeitend in der Küche, als Marta hereinkam. Die war ganz erstaunt und hatte gar keine Zeit zu fragen, so schnell hielt sie eine Tasse mit heißem Kaffee in der Hand, die Lilo ihr grinsend entgegenhielt, bevor sie sie zu dem bereits gedeckten Frühstückstisch führte.

Lilo wollte sich mit dieser Geste bei Marta dafür bedanken, dass sie den Nachmittag mit Caspar verbringen durfte. Sie war schon ganz aufgeregt deswegen, denn sie wusste ja immer noch nicht, wo es hingehen sollte. Das fand sie so spannend, dass sie gar keinen richtigen Appetit hatte.

Marta sah ihre Tochter an und dachte daran, wie sie wohl später reagieren würde. Das machte sie nervös und so hatte auch sie keinen rechten Appetit. Beide saßen am Tisch und stocherten in ihren Müslis herum.

Lilo schaute Marta an und zog die Augenbrauen hoch: „Hast du keinen Hunger? Ich auch nicht. Ich freu mich schon so auf heute Nachmittag!" Marta schaute zu Lilo rüber, die auf der anderen Seite des Tisches saß: „Es freut mich für dich, mein Kind, dass du so fröhlich bist. Ich bin mir sicher, Caspar wird sich schon das Richtige für dich ausgedacht haben."

In diesem Moment stolperte Ben, noch halb verschlafen, in die Küche. „Guten Morgen!", begrüßte er die beiden und setzte sich an den Tisch. Er nahm sich ein Stück Kuchen und schenkte sich Kaffee ein. Lilo und Marta beobachteten ihn dabei und mussten grinsen. Ben hatte einen Kissenabdruck auf seiner rechten Gesichtshälfte, das sah witzig aus. Genüsslich schlürfte er seinen Kaffee und ließ sich den süßen Kuchen dazu schmecken. Er konnte sich Zeit lassen, denn es war sein freier Tag. Was auch sein Pech war, denn so blieb es an ihm hängen, die Küche aufzuräumen.

Marta und Lilo ließen Ben zurück und machten sich auf den Weg in ihren Tag. Vor dem Haus umarmte Marta Lilo noch ganz fest und stieg dann in ihr Auto. Von dort winkte sie Lilo zu, bevor sie losfuhr.

Lilo holte sich ihr Fahrrad und radelte zur Schule. Es kam ihr irgendwie komisch vor, dass ihre Mutter sie gerade so fest umarmt hatte, und sie dachte darüber nach, bis ihre Fahrt vor der Schule endete.

Doch dort waren ihre Gedanken plötzlich nicht mehr so wichtig, denn sie hatte jetzt eine Mission, und zwar Caspar so lange zu bearbeiten, bis er ihr verraten würde, wohin er später mit ihr gehen wollte. Sie musste es einfach wissen, sonst würde sie platzen vor Neugier.

Caspar war schon da, als Lilo das Klassenzimmer betrat, was ihr nur recht war, so konnte sie gleich loslegen. Doch Caspar gab sich teilnahmslos, er dachte nicht im Traum daran, Lilo zu verraten, wo es hingehen würde. Er war sich aber auch im Klaren darüber, dass Lilo hartnäckig war und nicht aufgeben würde, bevor sie die Antwort hatte. Das würde heute ein harter Tag für ihn werden, das wusste er, aber er blieb stumm. Die erste Stunde läutete ein und so hatte er erst einmal Ruhe vor Lilos Bohrerei.

Dieses Spiel zog sich den ganzen Vormittag hin und so war es unvermeidbar, dass auch Emely, Sandra und Tim Wind davon bekamen. Und wie könnte es anders sein, natürlich unterstützten sie Lilo und bearbeiteten Caspar, auch ihnen alles zu verraten.

Caspar war überglücklich, als die letzte Unterrichtsstunde endete, endlich würde er den nervigen Fragen entkommen. Zumindest fast. Eine nervige Fragende würde ihm bleiben, nämlich Lilo. Doch seine Lilo konnte er ertragen. Das war ja gar nicht anders möglich, schließlich liebte er sie. Er entriss sie so schnell wie möglich ihren Freunden und drängte sie loszufahren.

Zuerst fuhren sie zu Marta in den Buchladen. Caspar wollte alles richtig machen und Marta sozusagen Lilo offiziell die Erlaubnis geben lassen, bis in die Nacht hinein unterwegs zu sein. So müsste Lilo sich keine Sorgen um die Uhrzeit machen und damit wäre ihr Geist viel offener für das Wesentliche in dieser Nacht.

Marta fand es toll, dass Caspar sie persönlich um Erlaubnis fragte. Das war für sie ein Zeichen von Achtung. Sie gab ihr Einverständnis und konnte nicht anders, sie musste Lilo noch einmal fest umarmen.

Lilo machte große Augen: „Mutti? Was ist los mit dir? Das machst du heute schon zum zweiten Mal! Muss ich mir Sorgen machen?" Marta musste lachen: „Nein, mein Kind. Was soll schon los sein? Darf eine Mutter nicht ihr Kind umarmen? Mir ist heute einfach danach. Lass mich doch!" Lilo musste auch lachen: „Ich lass dich ja, wenn es dir guttut." Dann gab sie ihrer Mutter noch einen Kuss auf die Wange und marschierte mit Caspar aus dem Laden. Sie schwangen sich auf ihre Räder. Caspar fuhr vor, denn er wusste ja, wo es hinging. Lilo blieb ihm dicht auf den Fersen.

Bald hinter der Ortschaft wusste Lilo auch schon Bescheid. Dann, beim Teich angekommen, grinste sie Caspar an: „Das habe ich mir schon gedacht, dass wir hierherfahren!" Caspar stieg vom Fahrrad und lehnte es an einem Baum. Er schaute Lilo an: „Keine gute Idee?!"

Lilo suchte sich auch einen Baum aus, der auf ihr Fahrrad aufpassen sollte, und lehnte es an den Auserwählten. Sie gab Caspar einen leichten Schubs. „Eine sehr gute Idee", lächelte sie ihn an.

Caspar ging auf Lilo zu und nahm ihre Hand, führte sie an seinen Mund und küsste sie sanft. „Komm mit, ich zeige dir etwas. Eine Überraschung!", mit diesen Worten zog er sie zum Teich. Lilo staunte nicht schlecht, als sie sah, wie viel Mühe er sich gemacht hatte: Er hatte ein Lagerfeuer vorbereitet, das nur noch angezündet werden musste. Daneben lag eine riesige Luftmatratze, auf der man auch zu dritt genug Platz gehabt hätte. Sie war mit sehr vielen Decken in verschiedenen Farben bedeckt.

Lilo fühlte sich geschmeichelt. So viel Aufwand nur für sie! Daran könnte sie sich gewöhnen. Sie ging sofort zu diesem wirklich einladenden Nachtlager, um Probe zu sitzen. Als sie sich davon überzeugt hatte, dass es wirklich super bequem war, lud sie Caspar ein, neben ihr Platz zu nehmen. Der ließ sich nicht lange bitten und setzte sich neben Lilo. Sie kuschelte sich ganz fest an ihn und schaute aufs Wasser.

Lilo genoss das Liebesnest, das Caspar für sie bereitet hatte, und Caspar genoss die Zeit, die er mit Lilo verbringen durfte, bis es so weit war. Sie fuhren mit dem Boot hinaus auf den Teich, ließen sich auf dem Floß die Sonne ins Gesicht scheinen, fütterten die Fische und gingen spazieren.

Als es dunkel wurde, machte Caspar das Lagerfeuer an. Das war erstens sehr romantisch und zweitens spendete es Wärme, was gar nicht schlecht war, denn zu dieser Jahreszeit konnte es schon ziemlich kalt werden in der Nacht.

Nachdem es Caspar gelungen war, das Feuer richtig zum Brennen zu bringen, setzte er sich neben Lilo, die sich bereits in die Decken eingewickelt hatte, und zog zwei Wurstbrote aus seinem Rucksack, eins für Lilo und eins für sich selbst.

Lilo hatte wirklich Hunger und nahm das Brot dankend an. Das Feuer knisterte vor sich hin, und nachdem die beiden fertig gegessen hatten, legten sie sich eng umschlungen in die Decken gewickelt auf die Luftmatratze und schauten sich den Sternenhimmel an, der in dieser Nacht wirklich sehr gut zu sehen war.

Die Sterne leuchteten klar wie Diamanten, so, dass man das Gefühl hatte, man könne sie einfach so vom Himmelszelt pflücken. Lilo suchte Sternenbilder wie den kleinen oder großen Wagen und zeigte sie Caspar. Beide legten ihre Köpfe dicht nebeneinander und suchten ein Sternbild nach dem anderen heraus. Dazu erfanden sie Geschichten, wie es auf diesen Sternen wohl aussehen könnte, und einige Versionen waren so lustig, dass sie heftig darüber lachen mussten.

Nach einiger Zeit lenkte Caspar das Gespräch wieder auf die übersinnlichen Wesen. In der Dunkelheit über so etwas zu reden stellte Lilo sich ganz besonders toll und spannend vor. Also ging sie auf das Thema ein.

Es wurde bald Mitternacht und Caspar musste jetzt beginnen, Lilo darauf vorzubereiten, was sie bald erwarten würde. Hoffentlich würde sie nicht davonrennen. Er neigte seinen Kopf zu ihr und sah ihr ganz tief in die Augen. „Du findest diese Wesen wirklich faszinierend, was ich so sehen kann. Du glaubst wirklich an sie, oder?"

„Ja", sagte Lilo, „ich glaube, dass es sie wirklich gibt!" Und das meinte sie ehrlich. Caspar spürte das und war erleichtert. Somit war der erste Schritt getan. Zeit für den zweiten, beschloss er und führte das Gespräch ohne Umwege weiter. Er nahm ihre Hand und streichelte sie: „Was würdest du machen, wenn du diesen Wesen begegnen würdest? Stell dir vor, es würde heute Nacht geschehen. Was würdest du dann machen?" Er schaute sie aufmerksam an, um jeden ihrer Gesichtsausdrücke mitzubekommen, während sie darüber nachdachte.

Lilo fing an zu lachen. „Jetzt übertreibst du aber! Über so etwas brauche ich nicht nachzudenken. So was passiert mir nämlich nicht. Wer bin ich denn schon, dass diese Wesen ausgerechnet zu mir kommen? Na sicher, das glaube ich sofort", scherzte sie.

Doch Caspar blieb ernst: „Trotzdem, wie würdest du reagieren, was glaubst du?" Lilo merkte, dass es ihm ernst war mit der Frage. Also versuchte sie, sich diese Situation vorzustellen: „Schwer zu sagen, wenn man nur so darüber nachdenkt. Ich glaube, niemand kann genau sagen, wie er in so einer Situation reagieren würde. Denn wenn es so weit wäre, würde sich das Gehirn sowieso ausschalten. Ich meine, man würde aus dem Staunen nicht mehr herauskommen und dadurch keinen klaren Gedanken fassen können. Aber Angst hätte ich keine, da bin ich mir ziemlich sicher. Dadurch, dass ich schon von ihnen gehört habe, weiß ich ja, dass sie mir nichts Böses wollen. Und du bist ja auch noch da. Du würdest mich beschützten, wenn sie gemein zu mir wären. Da bin ich mir sicher", fügte sie mit einem schelmischen Lächeln hinzu.

Caspar war erst mal erleichtert, dass Lilo sich sicher war, keine Angst haben zu müssen. Er nahm Lilo zu sich und küsste sie. Diesmal ließ er seinen Gefühlen freien Lauf und so begannen seine Augen wieder zu leuchten. Lilo lächelte, als sie es bemerkte: „Da ist es wieder, das Leuchten. Das hat mir schon gefehlt."

Caspar gestand Lilo jetzt, dass auch ihre Augen leuchteten, nicht nur seine, worauf sie ein total verwundertes Gesicht machte. „Wirklich?! Ist ja cool! Ich habe das auch? Das muss mit unserer Augenfarbe zusammenhängen. Anders kann ich mir das nicht erklären. Aber cool finde ich es trotzdem." Dabei lächelte sie ihren Freund an.

Plötzlich war es ganz still im Wald geworden. Kein Rascheln mehr von irgendwelchen nachtaktiven Tieren, kein Eulen- oder Käuzchengeschrei, überhaupt kein Geräusch mehr. Totale Stille.

Lilo setzte sich auf, drehte ihren Kopf zuerst nach links, dann nach rechts. Sie schaute, ob sie etwas entdecken konnte, aber zuerst sah sie nichts. Caspar setzte sich auch auf, beobachtete Lilo und hielt sich passiv.

Als Lilo so in die Dunkelheit starrte, bemerkte sie lauter kleine Lichter. Sie waren so winzig, dass sie im ersten Moment dachte, es wären Glühwürmchen. Erst bei genauerem Hinsehen konnte sie erkennen, dass es wirklich Lichter waren, und es wurden immer mehr.

Lilo fasste Caspars Arm: „Siehst du das auch? Was ist das? So was habe ich noch nie gesehen." Weil sie den Blick nicht von den Lichtern abwenden konnte, sah sie nicht, dass Caspar überhaupt nicht verwundert war, denn er kannte die Lichter ja. Es war so weit. Seine Familie kam. Er gab Lilo keine Antwort und es war ihr auch egal.

Lilo war wie gebannt von den Lichtern. Inzwischen waren es schon sehr viele. Sie konnte beobachten, wie sie sich zusammenfügten und dann ganz hell zu leuchten anfingen. Für einen kurzen Moment konnte sie gar nicht hinsehen, so hell war dieses Licht. Sie vergrub ihr Gesicht in ihren Händen, um ihre Augen zu schützen. Als das Licht sanfter strahlte, sah sie wieder auf und konnte nicht glauben, was sie da sah. Sie rieb sich erstaunt ein paarmal mit ihren Händen die Augen. Doch egal, wie oft sie das tat, sie sah immer dasselbe: Da standen vier hochgewachsene Gestalten, den Menschen nicht unähnlich, nur dass ihre Ohren spitzer waren und ihre Gesichter glänzten, so, als ob sie mit Feenstaub bedeckt waren. Ihre Haut glitzerte bei jeder Bewegung. Über ihren Augenbrauen waren jeweils drei leuchtende Punkte aufgeteilt und in der Stirnmitte hatte jeder einen kleinen Stern, bei dem einen blau, beim Nächsten grün, wieder beim Nächsten gelb und beim Letzten rot. Ihre Haare waren fast knielang, glatt und weiß. Die Kleidung, die sie trugen, war atemberaubend. Sie sahen darin so erhaben aus. Sie trugen lange, eisblaue Gewänder, die mit einem silbernen und elfenbeinfarbenen Faden bestickt waren. Die gestickten Muster waren lauter alte Ornamente, die die Geschichte des Universums beinhalteten. Nur konnte Lilo das nicht herauslesen, weil diese Ornamente für Menschen nicht zu entziffern waren. Über ihren wunderschönen Kleidern trugen sie einen Mantel, der jeweils die gleiche Farbe hatte wie der Stern auf ihrer Stirn.

Lilo kam aus dem Staunen nicht mehr heraus. Doch dann blieb ihr Blick bei den Augen hängen. Sie konnte es kaum glauben: Diese Wesen hatten die gleiche Augenfarbe wie sie und Caspar. Als Lilo das erkannte, ging sie zwei Schritte zurück. Denn inzwischen war sie unbewusst aufgestanden.

Caspar stand neben ihr und beobachtete das ganze Schauspiel. Er konnte sehen, wie ergriffen und verwundert Lilo war. Sie stand wie angewurzelt da und schaute wie hypnotisiert zu diesen Wesen. Er konnte hören, was in ihrem Kopf vorging, und wartete darauf, dass Lilo ihr geistiges Vorhaben auch in die Tat umsetzen würde.

Was Lilo wunderte, war, dass sie gar keine Angst verspürte. In all den Filmen mit ähnlichen Szenen liefen die Leute immer davon. Diesen Drang verspürte sie überhaupt nicht. Sie wusste nicht, warum, aber sie fühlte sich vollkommen sicher, sehr aufgeregt, aber sicher. Sie hatte keinen Zweifel, dass diese Gestalten die übersinnlichen Wesen waren, von denen sie gehört hatte.

Caspar hatte sie komplett vergessen, was diesen herzlich wenig störte. Er war froh, dass sie so ruhig blieb, froh, aber auch erstaunt. Sie schien ihm ganz gelassen zu sein, dass hatte er gehofft, aber nicht für möglich gehalten.

Lilo stand eine Zeit lang nur stumm da und schaute die Wesen an, bis sie endlich den Mut fasste und einen Schritt auf sie zuging. Dabei fragte sie vorsichtig: „Darf ich fragen, wer ihr seid? Mein Name ist Lilo. Seid ihr das, was ich glaube, das ihr seid?"

Daraufhin trat eines der Wesen, nämlich Atura, vor und antwortete Lilo: „Wir sind diese übersinnlichen Wesen, wie ihr uns nennt! Du hast Recht, Lilo, und es freut uns, dass du uns so freundlich empfängst. Darf ich mich vorstellen: Mein Name ist Atura." Dann begrüßten auch die anderen drei Lilo. Sie trugen die Namen Irata, Litara und Patora.

Irata trug einen grünen Stern auf der Stirn. Litaras Stern war rot und Patoras leuchtete gelb. Blieb nur noch die Farbe Blau übrig und die befand sich auf Aturas Stirn.

Als Lilo die Begrüßung erwiderte, erinnerte sie sich mit einem Schlag, dass Caspar ja auch noch da war. Sie drehte sich mit großen, leuchtenden Augen zu ihm und zeigte auf Atura. „Siehst du das? Das ist unglaublich. Aber du bist gar nicht verwundert, als ob das für dich nichts Besonderes wäre?" Sie sah Caspar verwirrt an. Jetzt bekam sie es doch irgendwie mit der Angst zu tun. Ihr Freund verhielt sich nicht so wie immer. Er stand nur da und schaute mit ernstem Blick zu Lilo, als ob das Auftauchen dieser Wesen für ihn ganz normal wäre. Jetzt nickte Atura Caspar auch noch zu und Lilo war sich bewusst, dass das irgendetwas zu bedeuten hatte. Sie schaute zuerst zu Atura und dann zu Caspar. Der ging auf sie zu und nahm ihre Hand.

Caspar schaute Lilo tief in die Augen und sie konnte erkennen, dass die Schlieren in den seinen nicht nur leuchteten, sondern sich wie Wolken am Himmel in der Azurbläue seiner Augenfarbe hin und her bewegten. Dieses Phänomen beobachtete sie auch bei den Wesen. Es lief ihr kalt den Rücken herunter. Sie zog ihre Hand zurück und entfernte sich etwas von ihm. Auf einmal war ihr klar: Caspar war einer von ihnen, ohne Zweifel!

„Lilo, bitte hör mir zu", versuchte er zu erklären, „ich weiß, was du jetzt denkst, und du hast Recht. Ich bin auch einer von ihnen. Mein richtiger Name ist Caspara."

Lilo wusste nicht, wie ihr geschah. Da waren so viele Gefühle in ihr, die sie förmlich zerrissen: Zuallererst Verwunderung, dann das taube Gefühl der Ohnmacht und das stärkste Gefühl neben der Angst war die Enttäuschung. Sie war enttäuscht, dass Caspar sie so hintergangen hatte. Denn so erschien es ihr. Er hatte sie doch die ganze Zeit angelogen und ein Spiel mit ihr gespielt! Sie schaute ihn böse an. Ihre Augen blitzten förmlich. „Warum hast du das gemacht? Nein, falsch", sie drehte sich zu den anderen, „warum habt ihr das gemacht? Findet ihr das lustig? Ist das eure Art von Humor?" Jetzt schaute sie wieder Caspar an. Der fiel ihr ins Wort: „Bitte Lilo, beruhige dich. Ich kann ja verstehen, dass du verletzt bist, aber bitte lass mich dir erklären, warum ich nichts sagen konnte."

Lilo wäre am liebsten einfach nach Hause gefahren, aber sie blieb und hörte ihm zu. Caspar erzählte ihr nun die ganze Wahrheit, und zwar von Anfang an: dass Atura ihr Vater sei und gekommen, um sie möglicherweise mitzunehmen. An dieser Stelle wurde Lilo ganz bleich. Nicht nur, dass sie schon damit überfordert war, hier ihren Vater zu treffen, den sie bisher für tot gehalten hatte! Jetzt gehörte er auch noch zu den übersinnlichen Wesen, und die waren gekommen, sie zu holen. Das war zu viel für Lilo! Sie sah Atura verzweifelt an: „Was soll das heißen? Dass du mich jetzt entführen willst? Das kannst du nicht machen!" Sie wollte davonrennen, doch Caspar holte sie sofort ein und beruhigte sie: „Niemand will dich entführen! Bitte, du brauchst keine Angst zu haben. Vertrau mir!"

Lilo versuchte sich von Caspar loszureißen, doch es gelang ihr nicht. Tränen stiegen ihr in die Augen. Sie schrie ihn an: „Dir vertraue ich nie wieder! Du hast mich angelogen. Die Geschichten von deinen Urvölkern, dass du aus Südafrika kommst, das war alles eine Lüge. Und dass du mich liebst, war wahrscheinlich auch nicht die Wahrheit. Wie soll ich dir da noch vertrauen können?" Caspar hielt sie fest und versuchte ihr Gesicht zu seinem zu drehen, was Lilo ihm nicht gerade leichtmachte mit ihrer Strampelei.

Als er es endlich geschafft hatte, widersprach er ihr heftig: „Das ist Liebe! Das war keine Lüge! Ich habe dich vom ersten Moment an, als ich dich sah, geliebt. Das musst du mir glauben!" Daraufhin nahm er mit seinen Händen ihren Kopf und küsste sie ganz fest.

Erst dann gab Lilo nach. Sie wehrte sich nicht mehr gegen Caspar und ließ den Kuss geschehen. Obwohl sie böse auf ihn war, glaubte sie ihm.

Dann wandte sie sich Atura zu: „Du bist also mein Vater?! Hast du meine Mutter genauso getäuscht wie Caspar mich? Weiß Mutti über dich Bescheid? Und wenn ja, warum hat sie mir das nie erzählt? Und was soll das eigentlich heißen, dass ich mit euch kommen soll? Wenn ihr mich nicht entführen wollt, wie wollt ihr mich dann mitnehmen?"

Atura lächelte seine Tochter an: „Wir können dich nicht zwingen, mit uns zu gehen. Das liegt nicht in unserer Macht, sondern ist allein deine Entscheidung. In den freien Willen der Menschen dürfen wir nicht eingreifen. Deine Mutter hat sich damals für die Erde entschieden. Ich wollte sie mitnehmen, weil sie mit dir schwanger war, obwohl es uns untersagt ist, Menschen zu uns aufsteigen zu lassen. Da wir unsterblich sind, müssen wir uns nicht vermehren. Aus diesem Grund fühlen wir für gewöhnlich keine körperliche Liebe. Das heißt nicht, dass wir uns nicht lieben. Wir tun das nur anders als ihr. Bei uns läuft das auf mentaler Ebene. Nur wenn wir eine körperliche Gestalt annehmen, fühlen wir auch genauso wir ihr. Das geschah mir mit deiner Mutter. Ich liebte sie und so bist du entstanden. Und so wie sie hast auch du das Recht auf deinen freien Willen. Heute haben wir uns zu erkennen gegeben. Wir haben uns vorgestellt. Morgen, an deinem siebzehnten Geburtstag, musst du dich entscheiden. Dann kommen wir wieder hierher, genau an diesen Ort."

Mit diesen Worten ging Atura wieder zu Irata, Patora und Litara, die auf ihn gewartet hatten. Er drehte sich noch einmal zu Lilo und Caspar um, bevor dann alle vier auf dieselbe Art verschwanden, wie sie gekommen waren.

Außer dem schwachen Licht des Feuers leuchtete nun nichts mehr in der Dunkelheit. Lilo wendete sich Caspar zu und sah ihn nachdenklich an. Sie wusste nicht, was sie von dem gerade Erlebten halten sollte. Die vielen Fragen in ihrem Kopf mischten sich mit ihren Gefühlen. Lilo hatte nicht die geringste Ahnung, wie sie dieses Chaos ordnen sollte, und obwohl sie eigentlich nicht mit Caspar sprechen wollte, war er doch die einzige Person, die ihr jetzt Rede und Antwort stehen konnte. Also überwand sie sich: „Wenn es euch untersagt ist, Menschen mitzunehmen, warum wollt ihr dann unbedingt, dass ich mitkomme? Ich meine, wo ihr das doch eigentlich nicht dürft! Würde das nicht den Energiefluss stören im Universum? Eurer Überzeugung nach hat doch jede Regel einen wichtigen Sinn und Grund, oder?"

Caspar stellte sich zum Feuer, um den Flammen beim Tanzen zuzusehen. Er spürte, dass Lilo ihm nicht mehr so zugeneigt war, und das machte ihn traurig. „Normalerweise dürfen wir das nicht, du hast Recht. Deine Mutter wusste das, deswegen entschied sie sich dagegen. Das war der wahre Grund. Doch bei dir ist das etwas anderes. Du bist nicht nur Mensch. Auch ein Teil von uns steckt in dir. Das sieht man an deinen Augen. Dadurch gilt die Regel für dich nicht."

Lilo wollte jetzt nicht weiter darüber reden, sie wollte heim zu ihrer Mutter, mit der sie auch noch einiges zu klären hatte. Während die zwei jungen Leute das Feuer ausmachten, entschuldigte sich Caspar noch einmal für seine Lügen. Lilo nahm die Entschuldigung zwar an, blieb aber trotzdem reserviert. Sie war immer noch verletzt und das konnte sie nicht verbergen.

Die Heimfahrt fühlte sich genauso kalt an wie die Nacht. Die ganze Fahrt über wechselten die beiden kein Wort miteinander. Bei ihrem Haus stieg Lilo vom Rad und war schon dabei, hineinzugehen, als Caspar ihren Namen rief.

Er bat sie nochmals um Verzeihung und hoffte dabei, dass Lilos Entscheidung nun nicht von ihrer Enttäuschung über ihn beeinflusst würde.

Lilo nickte ihm stumm zu, drehte sich dann um und ging ins Haus. Caspar fuhr dorthin, wo er hingehörte: zu seiner Familie, zu Atura, Irata, Litara und Patora.

Kapitel 16

Lilo ging in die Küche. Sie machte kein Licht, sondern setzte sich im Dunkeln an den Tisch. Schlafen wollte und konnte sie ohnehin nicht, und da es sowieso schon früh am Morgen war, beschloss sie, in der Küche auf ihre Mutter zu warten. Allzu lange würde es nicht mehr dauern, bis Marta aufstand.

Während sie so, im Schutze der Dunkelheit, dasaß und wartete, ging ihr die vergangene Nacht durch den Kopf. Sie konnte immer noch nicht fassen, was sie da erlebt hatte, und war nach wie vor ratlos, warum ihre Mutter sie die ganze Zeit über im Unklaren gelassen hatte.

Jetzt hörte sie Geräusche im oberen Stockwerk: Marta war aufgestanden. Nicht, dass sie besonders viel Schlaf gefunden hätte! Vielmehr war sie immer wieder wach gewesen und hatte an Lilo denken müssen. Sie wusste, was ihr Kind erleben würde, und es schmerzte sie sehr, dass sie nicht hatte mitgehen können. So hatte sie das Gefühl, ihre Tochter im Stich gelassen zu haben, als sie sie vielleicht am meisten gebraucht hätte.

Ihr erster Gang nach dem Aufstehn war in Lilos Zimmer. Als sie ihre Tochter nicht in ihrem Bett fand, bekam sie es mit der Angst zu tun. Lilo war doch wohl nicht davongelaufen?!

Marta lief so schnell sie konnte die knarrende Holztreppe hinunter und steuerte die Küche an, die aber dunkel war. Als sie Licht machte und Lilo auf ihrem Stuhl sitzen sah, war sie sehr erleichtert.

Lilo saß nur da und schaute ihre Mutter sehr ernst und enttäuscht an. Marta wusste, dass sie Lilo Rede und Antwort stehen musste. Deswegen machte sie auch keine Versuche, sich aus der Sache herauszureden, sondern setzte sich Lilo gegenüber auf einen Stuhl, legte ihre Hände auf den Tisch und schaute ihre Tochter an: „Los, fang an mir den Kopf abzureißen. Ich hab's verdient!"

Lilo sah ihre Mutter an und Marta konnte in ihren Augen diesen eigenartigen Glanz entdecken, den sie immer hatte, wenn sie nicht wusste, wie sie ihre Gefühle einordnen sollte. „Na, du hast Nerven! Setzt dich einfach hierher und tust so, als ob das nur irgendeine Sache wäre. Ich soll anfangen?", zischte Lilo ihre Mutter an, „also fang ich an, und zwar damit, dass ich total enttäuscht von dir bin. In all diesen Jahren hast du kein Wort darüber verloren. Du hast mich glauben lassen, mein Vater sei tot, aber das ist ja noch nicht einmal das Schlimmste. Nicht nur, dass er doch am Leben ist, er ist nicht einmal ein Mensch, und du hast das gewusst. Wie konntest du nur? Von wegen, wir erzählen uns alles! Es gibt keine Geheimnisse zwischen uns?! Du hast mich die ganze Zeit angelogen!"

In Lilos Augen sammelten sich Tränen.

Marta wollte ihr ins Wort fallen, um alles zu erklären, aber Lilo redete einfach über Marta hinweg mit etwas lauterer Stimme: „Nein! Du hast jetzt Pause. Jetzt rede ich und du hörst mir gefälligst zu! Weißt du eigentlich, wie ich mich heute gefühlt habe, als mir mein Vater und die anderen erschienen sind? Nicht nur, dass das alles gar nicht wahr sein darf, ich war auch ganz alleine. Du hast mich voll ins offene Messer rennen lassen. Und dass Caspar auch zu diesen Wesen gehört, hab ich ebenfalls nicht von dir erfahren. Am liebsten würde ich mich gegen euch alle entscheiden. Auch gegen dich!"

Marta verstand Lilos Wut und ließ sie alles sagen, was ihr auf der Seele lag. Auch wenn viele Wörter, die Lilos Mund verließen, sie verletzten. Sie bemühte sich, darüber hinwegzusehen, und hörte ihrer Tochter zu, bis sie zu Ende geredet hatte, und gab dann erst ihre Erklärung. Dabei versuchte sie, Lilo klarzumachen, warum sie nichts hatte sagen dürfen und auch nicht dabei sein konnte, als Lilo ihren Vater und die anderen zum ersten Mal sah. Marta erzählte Lilo alles über ihren Vater, wie sehr sie in geliebt hatte und wie schwer es ihr gefallen war, ihn gehen zu lassen, zum Wohle des Universums. Dabei fiel auch wieder das Stichwort „freier Wille".

Lilo konnte diese Worte schon nicht mehr hören! Sie reagierte allmählich allergisch auf sie. Doch sah sie Marta jetzt auch bereits etwas besänftigter an. „Trotzdem, du hättest mir einen Wink geben können!"

Da machte Marta große Augen: „Ich habe dir einen Wink gegeben. Indem ich dir immer wieder von diesen Wesen erzählt habe. Zwar habe ich nicht alles erzählt, aber du warst darauf eingestellt, dass es sie geben könnte. Und wenn du ehrlich bist, dieses Wissen hat dir heute das Treffen um einiges erleichtert. Oder hast du Angst gehabt?"

Lilo schüttelte den Kopf. „Angst hab ich nicht gehabt, das stimmt. Da habt ihr gute Arbeit geleistet, du und Caspar! Der hat mich auch die ganze Zeit angelogen. Und du hast das gewusst." Mit diesem Satz wusste Marta, dass die Lügen von Caspar Lilo am allermeisten zu schaffen machten. Sicher war Lilo auch sehr böse und enttäuscht von Marta, aber am meisten von Caspar.

Deshalb versuchte Marta, Caspar zu verteidigen, sie wusste ja, dass er auch keine Wahl gehabt hatte. Sie sah, dass Caspar Lilo wirklich liebte und dass diese Liebe keine Lüge war, und davon versuchte sie Lilo zu überzeugen.

Lilo hörte ihrer Mutter zu, blieb jedoch teilnahmslos. Sie konnte Caspar immer noch nicht verzeihen.

Da Ben plötzlich in der Küche auftauchte, verschoben Mutter und Tochter ihr Gespräch auf später. Lilo würde nicht in die Schule gehen und Marta nicht in den Laden, sodass sie später noch genug Zeit haben würden. Und dass Ben Tagdienst hatte, kam ihnen auch gelegen.

Während Marta Ben Frühstück machte, verkrümelte sich Lilo in ihr Zimmer. Sie machte die Tür hinter sich zu, lehnte sich an diese und sah sich von dort aus ihr Zimmer an. Das alles eventuell nie wiederzusehen, machte sie unsicher. Sie wusste einfach nicht, was sie machen sollte. Lilo ging zu ihrem Himmelbett, legte sich hinein und schaute dann nachdenklich ihren Sternenhimmel auf der Zimmerdecke an. Sie war so verwirrt. Wie sollte sie sich nur entscheiden?! Sie kannte ja diese Wesen eigentlich überhaupt nicht, außer Caspar, aber dem konnte sie nun auch nicht mehr vertrauen! Also was sollte sie machen? Sie wusste es nicht! Den Gedanken, auch eines dieser übersinnlichen Wesen zu sein, fand Lilo schon sehr verlockend, aber er erfüllte sie auch mit Angst.

Auch wenn Lilo jetzt böse auf ihre Mutter war, wollte sie sie doch nicht verlassen! Schon gar nicht für immer! Sie wollte ihr Zuhause nicht verlassen, ihre vertraute Umgebung, ihre Freunde. Ihr wurde immer mehr bewusst, was für ein Gewicht ihre Entscheidung hatte. Denn es wäre eine Entscheidung für immer, dessen war sie sich bewusst. Sie fühlte sich total überfordert. So in Gedanken schlief Lilo dann endlich ein.

Ein paar Stunden Schlaf nach dieser Nacht, die würde ihr sicher guttun. Deshalb ließ Marta sie auch schlafen, obwohl sie noch so viel Zeit wie möglich mit ihrer Tochter verbringen wollte. Mittags ging sie dann leise in ihr Zimmer und setzte sich an ihr Bett. Eine ganze Weile saß sie so da und schaute Lilo beim Schlafen zu, bis sie aufwachte.

Marta lächelte Lilo an: „Na? Schon munter? Geht es dir jetzt etwas besser? Hast du Hunger?" Lilo sah Marta noch verschlafen an, sie fühlte sich nicht mehr so müde, aber besser ging es ihr nicht und Hunger hatte sie auch keinen.

Doch Marta ließ nicht locker, sie wollte unbedingt, dass Lilo wenigstens eine Kleinigkeit aß. Lilo ließ sich breitschlagen und ging mit ihrer Mutter in die Küche, wo Marta ihr einen Toast machte. Während Marta den Schinken aufs Toastbrot legte, hörte sie Lilo, die hinter ihr beim Küchentisch saß, fragen: „Mutti, wie soll ich mich entscheiden? Du wärst damals mitgegangen, oder? Ich will dich nicht verlassen. Dich und Ben!"

Marta drehte sich zu Lilo, sah sie an und bemerkte, wie verloren sie war. Es zerriss ihr fast das Herz, sie so zu sehen. Aber sie durfte Lilo nicht manipulieren! Ihre Tochter musste das allein entscheiden und auf ihr Gefühl vertrauen.

So ging sie auf Lilo zu und setzte sich. „Ich darf dir nichts dazu sagen. Alles, was ich sage, könnte deine Entscheidung beeinflussen, und dann würde sie nicht mehr aus deinem tiefsten Inneren kommen. Es stimmt, wenn ich damit nicht gegen die Regeln des Universums verstoßen hätte, wäre ich mit Atura mitgegangen, aber das wäre dann auch ganz allein meine Entscheidung gewesen."

Lilo sah Marta traurig an: „Du meinst, mein Herz muss entscheiden, nicht mein Verstand. Ich verstehe dich, aber wann werde ich es wissen? Viel Zeit bleibt mir ja nicht mehr!" Marta versuchte Lilo zu beruhigen. „Du wirst es wissen, wenn es so weit ist, glaub mir! Dann wirst du spüren, wo du hingehörst. Vertrau auf dein Gefühl."

Marta machte Lilo den Toast fertig und Lilo versuchte ihn hinunterzubekommen. Das Gespräch mit ihrer Mutter tat Lilo gut. Sie fühlte sich ein wenig sicherer und konnte auch wieder lächeln.

Nachdem Lilo den Toast nach langem Herumkauen endlich aufgegessen hatte, beschlossen Mutter und Tochter eine Runde spazieren zu gehen. Es war schönes Wetter und frische Luft konnte sicher nicht schaden. Die beiden gingen die Feldwege entlang und redeten über Lilos Situation. Sie waren sicher zwei Stunden unterwegs, bis sie wieder zu Hause ankamen.

Lilo sah schon von Weitem, dass Caspar vor der Tür auf sie wartete. Sie blieb kurz stehen, schaute mit großen Augen zu Marta und dann wieder zu Caspar. Sein Erscheinen machte ihr Angst. Es war ja noch nicht so weit. Sie hatte noch etwas Zeit und die wollte sie auf keinen Fall verschenken. Marta nahm Lilo bei der Hand und nickte ihr Mut machend zu. Daraufhin ging Lilo auf Caspar zu, Marta winkte Caspar nur schnell zur Begrüßung und ging dann an den beiden vorbei ins Haus. Sie wollte sie allein lassen

Caspar nahm Lilo sofort ihre Angst, die er in ihren Gedanken las und ihr auch ansah, indem er ihr erklärte, er wolle sich nur mit ihr unterhalten. Lilo stieg darauf ein, schließlich hatte sie kapiert, dass sie die Entscheidung, wo sie hingehörte, nicht von ihm abhängig machen durfte, deswegen versuchte sie komplett neutral zu bleiben. Sie stand vor Caspar, sah ihn an und hörte, was er zu sagen hatte.

Für Caspar war es nicht einfach, Lilo so reserviert zu sehen. Er liebte sie sehr und am liebsten hätte er sie jetzt in den Arm genommen und geküsst. Doch er wusste, dass er im Moment damit einen Schritt zu weit gehen würde. Er sah sie nur an und versuchte zu lächeln.

„Ich kann mir denken, dass ich der Letzte bin, den du jetzt sehen möchtest. Aber ich will unbedingt etwas klären zwischen uns. Ich will, dass du weißt, dass ich dich liebe. Ich werde dich immer lieben. Egal, wie du dich entscheidest. Mein Herz wird immer dir gehören!"

Während Caspar redete, versuchte Lilo seine Gedanken zu lesen. So wusste sie, dass er die Wahrheit sagte. Er liebte sie wirklich. Das war keine Lüge und darüber freute sie sich sehr. Als Lilo ihm antworten wollte, hörten beide von fern ein Auto herankommen. Sie drehten sich um und sahen ein Polizeiauto auf der Straße. Ganz schlechter Zeitpunkt, dachten sich beide, als das Polizeiauto vor ihnen zum Stehen kam.

Zwei Polizisten stiegen aus. Einen von ihnen kannte Lilo sehr gut. Sein Name war Oliver und er war der beste Freund von Ben. Die beiden gingen zusammen fischen. Oliver und sein Kollege stellten sich zu den zwei Jugendlichen und sahen sie an.

Lilo begrüßte Oliver freundlich und Oliver grüßte verlegen zurück. Ihm war die ganze Sache sehr unangenehm. Er wusste, dass Lilo nicht erfreut darüber sein würde, was jetzt kam. Noch bevor Oliver und sein Kollege auch nur ein Wort gesagt hatten, wusste Caspar

Bescheid. „Bist du Caspar Weiß?", fragte Oliver. Caspar nickte und schaute Lilo an, die ihn verwundert anstarrte. Sie wusste nicht, was das sollte, und fragte anstelle von Caspar: „Wozu wollt ihr das wissen? Außerdem kennt Oliver Caspar. Was ist los?!" Oliver versuchte, nicht auf Lilo einzugehen. Obwohl es ihm sichtlich schwerfiel, redete er weiter: „Wir müssen dich mitnehmen! Es liegt eine Anzeige gegen dich vor, Komm bitte mit."

Lilo schaute Caspar und die Polizisten mit großen Augen an. Sie konnte nicht glauben, was sie da hörte. Das war unmöglich! Sie konnten Caspar nicht mitnehmen. Dafür war keine Zeit! Es war nicht mehr lange bis zum Treffen mit Atura und den anderen. Caspar durfte da nicht fehlen, schließlich war er einer von ihnen und musste wieder zurück. Und zwar heute um Mitternacht. Es gab sonst keine Möglichkeit.

Lilo wurde ganz aufgeregt, sie stellte sich vor Caspar und versuchte das Vorhaben der Polizisten zu verhindern. Sie flehte Oliver und seinen Kollegen an, Caspar nicht mitzunehmen. Caspar stand hinter ihr und legte seine Hand auf ihre Schulter. Er war sich im Klaren darüber, dass es keinen Sinn hatte, dagegen anzugehen, und beschloss mit den Polizisten mitzugehen. Lilo wollte das nicht. Sie fiel ihm in die Arme und hielt ihn ganz fest. „Ich liebe dich! Ich hol dich da raus, das verspreche ich dir."

Caspar war überglücklich, als er hörte, dass Lilo ihn noch immer liebte. Er vertraute darauf, dass Lilo ihm helfen würde. Bevor er ins Polizeiauto stieg, gab er Lilo einen zärtlichen Kuss und lächelte sie an. Dann fuhren die Polizisten mit ihm davon und Lilo schaute ihnen hinterher.

Kapitel 17

Lilo verlor keine Zeit und rannte ins Haus. Dort brüllte sie Martas Namen. Die saß gerade im Wohnzimmer und blätterte in einer Zeitschrift, als sie Lilo hörte. Sie erschrak, sprang vom Sofa auf und wollte zu ihrer Tochter laufen, da stand diese schon vor ihr, ganz außer Atem. Völlig aufgelöst erzählte sie Marta, was geschehen war, war dabei aber selbst noch so durcheinander, dass sie viel zu schnell redete, sodass Marta zuerst nichts verstehen konnte. Sie versuchte Lilo zu beruhigen. Erst dann gelang es ihr, einzelne Wörter herauszufiltern. Sie war schockiert, dass Caspar verhaftet worden war, konnte es zuerst nicht glauben und bat ihre Tochter, das Ganze zu wiederholen. „Was wurde Caspar vorgeworfen?", fragte sie.

Doch Lilo wusste es ja selbst nicht, aber sie war sich sicher, dass, egal was es war, es nicht stimmen konnte. Vielleicht war irgendwer hinter Caspars wahre Identität gekommen! Sie durfte keine Zeit verlieren und drängte Marta, Ben anzurufen. Er musste sofort nach Hause kommen, denn er war der Einzige, der jetzt noch helfen konnte, da er mit Oliver befreundet war.

Marta verstand Lilos Plan und griff zum Telefon. Sie rief Ben an und machte ihm klar, dass es einen Notfall gab und er sofort heimkommen musste. Dann hieß es warten, bis er endlich eintraf.

Für Lilo waren das die längsten Minuten ihres Lebens. Das Gefühl der Hilflosigkeit machte sie fast verrückt. Sie konnte nicht einfach nur dasitzen, sie musste etwas tun! Also lief sie ständig hin und her und das machte wiederum Marta nervös. Sie bat Lilo, sich zu setzen, und versuchte ihr gut zuzureden.

Lilo wollte endlich wissen, was los war, und als sie Bens Auto hörte, rannte sie aus dem Haus, Marta hinterher. Ben kam nicht einmal bis zum Gartenzaun, da war Lilo schon bei ihm. Er konnte gar nicht so schnell schauen, da saß er schon wieder in seinem Auto, zusammen mit Lilo und Marta.

Lilo drängte ihn jetzt, loszufahren, vergaß dabei jedoch, dass Ben gar nicht wusste, wohin er fahren sollte. Er hatte ja immer noch keine Ahnung, was los war. So sah er zuerst Lilo und dann Marta fragend an. Daraufhin erklärte ihm Marta in kurzen Worten, was passiert war, und bat ihn, endlich loszufahren.

Während der Fahrt zum Polizeigebäude bearbeiteten Lilo und Marta Ben, dass er mit Oliver reden müsse. Ben hatte zwar Verständnis für Lilo, doch er war der Meinung, dass das keinen Sinn hatte und dass Oliver da sicher nichts machen konnte, denn er musste sich auch an Regeln halten. Doch Lilo ließ sich von ihrem Plan nicht abbringen. Sie redete so lange auf Ben ein, bis der ihr das Versprechen gab, es immerhin zu versuchen.

Endlich angekommen, liefen die drei ins Polizeigebäude und Ben wollte das Reden übernehmen. Er sah, wie aufgebracht Lilo war, und wollte nicht, dass sie mit ihrer Wut alles noch komplizierter machte.

Ja, es stimmte, Lilo war sehr aufgebracht. Sie hatte das Gefühl, dass ihr die Zeit davonlief. Ben hatte keine Ahnung, wer Caspar war, wer Lilo in Wirklichkeit war und was dahintersteckte. Er wusste nichts von der Anwesenheit dieser Wesen und dass einer von ihnen Lilos Vater war. Marta hatte ihm nichts davon erzählt, dass Lilo an diesem Tag die Entscheidung treffen musste, ob sie bleiben oder mitgehen sollte. Ben wusste von dem Ganzen überhaupt nichts!

Lilo hörte, wie Ben nach Oliver fragte. Sie schaute, ob sie Caspar irgendwo entdecken konnte. Doch nichts! Der Einzige, den sie jetzt sah, war Oliver, der aus einem Zimmer kam, und eine junge Frau am Empfang. Lilo war schon im Begriff, zu Oliver zu laufen, doch Ben hielt sie zurück. Er sah sie an und sagte mit gedämpfter Stimme. „Du willst, dass ich Caspar helfe? Dann überlass das hier auch mir." Lilo hatte Angst, dass es zu spät würde, aber sie musste auf Bens Aufforderung einsteigen und hielt sich zurück.

Ben und Oliver gingen in ein anderes Zimmer. Durch eine Glasscheibe konnte Lilo die beiden sehen, wenn Sie auch nichts hören konnte, das machte sie fast wahnsinnig. Marta versuchte die ganze Zeit, sie zu beruhigen und ihr Mut zuzusprechen.

Auf einmal kam Dagmar mit ihren Eltern herein. Lilo konnte nicht verstehen, was sie hier wollten. Dagmar grinste Lilo falsch an und ging an ihr vorbei. Dann erschienen auch Ben und Oliver wieder und Ben machte ein ernstes, sorgenvolles Gesicht und sah Dagmar an. Lilo folgte Bens Blick und sah auch zu Dagmar, die nur dastand und selbstgefällig grinste. Lilo ging zu Ben, nachdem Oliver zu Dagmar gegangen war. Dabei sah sie Oliver fragend an, doch der wich ihrem Blick aus.

Dann wollte sie von Ben genau wissen, was er mit Oliver geredet hatte. Ben sah Hilfe suchend zu Marta hinüber. Die stellte sich neben Lilo, als sie verstanden hatte, dass das, was Ben zu sagen hätte, ihrer Tochter wohl nicht gefallen würde.

„Lilo, Dagmar hat Caspar wegen sexueller Belästigung angezeigt!", rückte Ben endlich mit der Sprache heraus. Lilo war fassungslos. Sie wusste, dass das gelogen war. Jeder, der Dagmar kannte, wusste, dass man ihre Anschuldigungen nicht ernst nehmen durfte. Doch die Polizei musste der Anzeige nachgehen. Dagmars Vater hatte zudem einen großen Einfluss im Ort und unterstützte auch die Polizei immer großzügig.

Lilo war so wütend auf Dagmar, dass sie sie am liebsten verprügelt und ihr ihre schöne, verwöhnte Nase gebrochen hätte. Ben und auch Marta hatten alle Mühe, sie davon abzubringen. Als Oliver zu ihnen trat, versuchte Lilo ihn davon zu überzeugen, dass Dagmar eine große Lüge verbreitete. Oliver hatte zwar Verständnis für Lilo, aber keine Wahl. Caspar würde so lange bei der Polizei bleiben müssen, bis alles geklärt wäre, auf jeden Fall sicher mindestens einen Tag.

Als Lilo das hörte, schrie sie zu Dagmar rüber: „Wieso tust du das? Was stimmt denn nicht mit dir? Du weißt, dass Caspar so etwas nie machen würde. Wie kannst du nur so eine Lüge verbreiten?! Ihr habt ja keine Ahnung, was ihr anrichtet, wenn ihr Caspar heute einsperrt!"

Lilo brüllte so laut, dass ihre Stimme in ihren Ohren widerhallte, und da sie so in Rage war, merkte sie gar nicht, was sie da sagte. Sie war gerade dabei, alles zu verraten, doch Ben und Marta schafften sie gerade noch rechtzeitig aus dem Gebäude. Eigentlich war es vor allem Marta, die sich beeilte, ihre Tochter rauszuschaffen, Ben hatte zugehört und wurde nun nachdenklich und still. Er konnte nicht verstehen, was Lilo meinte, sah nur ihre Aufregung und Verzweiflung.

Marta hatte Lilo nach einer Weile endlich dazu gebracht, ins Auto zu steigen, um erst mal nach Hause zu fahren. Die ganze Fahrt über sagte keiner ein Wort. Lilo saß hinten und schaute aus dem Fenster. Sie sah in die Dunkelheit und beschloss, sich von Dagmar nicht ihre Zukunft mit Caspar versauen zu lassen. Wenn die Polizei der Meinung war, Caspar nicht gehen lassen zu können, würde sie ihn eben selbst befreien. Niemand wird mich daran hindern, mit Caspar zusammen zu sein, schwor sie sich!

Ben stellte das Auto vor dem Haus ab.

Kapitel 18

Alle drei gingen ins Haus. Es redete immer noch niemand. Ben ging in die Küche, Marta und Lilo hinterher. Marta beschloss, einen Tee zu machen, und Lilo und Ben setzten sich an den Küchentisch.

Lilo starrte nachdenklich auf den Tisch. Ben sah sie fragend an: „Wie hast du das vorhin gemeint, als du gesagt hast, wir wissen ja nicht, was wir anrichten, wenn Caspar festgehalten wird?!"

Lilo hob ihren Kopf und schaute Ben mit großen, erstaunten Augen an. Sie wusste nicht, was sie ihm antworten sollte, und wandte sich Hilfe suchend zu Marta, was wiederum Ben nicht verborgen blieb. „Du weißt also, was sie damit sagen wollte", sagte er zu Marta, „was spielt ihr da eigentlich für ein Spiel mit mir? Ihr verschweigt mir doch etwas. Raus mit der Sprache! Was ist los?"

Lilo drängte Marta jetzt: „Du musst Ben endlich die Wahrheit sagen. Es war nicht richtig, ihm bisher nichts zu erzählen. Er wird es heute ohnehin erfahren, oder wie glaubst du schaffen wir das ohne ihn?"

Mit diesen Worten verließ Lilo die Küche und ging in ihr Zimmer. Es war schon ziemlich spät und sie hatte einen Plan, wie sie Caspar befreien wollte.

Marta blieb nichts anderes übrig, als Ben alles zu erzählen: dass Lilos Vater nicht tot war, sondern ein übersinnliches Wesen, das als Mensch auf die Erde gekommen war, dass Atura und die anderen in dieser Nacht kommen würden, um Lilos Entscheidung zu hören. Sie ließ nichts aus, auch nicht, dass Caspar auch zu den

Wesen gehörte. Ben glaubte Marta zuerst kein Wort. Er wusste zwar von diesen Wesen. Marta hatte ja immer wieder von ihnen erzählt, aber diese Version hatte er noch nicht gehört! Er schaute sie ungläubig an. „Also, ich meine, jetzt übertreibst du aber. Was für eine abenteuerliche Geschichte! Du erwartest doch nicht, dass ich dir glaube."

Marta versuchte ihn zu überzeugen und redete sich dabei die Kehle wund. Deswegen merkten beide auch nicht, dass Lilo das Haus verließ. Sie schlich sich, während Marta und Ben diskutierten, leise hinaus und machte sich mit ihrem Fahrrad auf den Weg zum Polizeigebäude. Es war mittlerweile zweiundzwanzig Uhr, in zwei Stunden war es so weit.

Es war also höchste Zeit und Lilo trat noch fester in die Pedale. Sie musste Caspar da rausholen, da führte kein Weg dran vorbei. Sie war fest entschlossen, und da sie wusste, dass das illegal war, hatte sie Ben und Marta nichts erzählt. Das musste sie allein durchziehn.

Als sie Oliver so angefleht hatte, Caspar laufen zu lassen, hatte sie ihm unbemerkt ein großes Schlüsselbund aus der Tasche gezogen. Einer von den vielen Schlüsseln musste einfach zu Caspar führen!

Bei der Polizei angekommen, schlich sie sich zum Eingang. Die Tür war zu. Sie probierte die Schlüssel aus, bis sie den richtigen gefunden hatte. Triumphierend, wenn auch auf leisen Sohlen, betrat sie das Gebäude. Sie war ganz in Schwarz gekleidet und hätte für eine Diebin durchgehn können! Da die Eingangstür verschlossen war, nahm Lilo an, dass niemand da war. Deswegen staunte sie nicht schlecht, als sie nun Licht im Empfangsraum sah.

Natürlich trübte das ihre gute Laune nach dem ersten Erfolg. Sie stand in der Ecke und beobachtete unbemerkt die junge, blonde Frau am Empfang. Offensichtlich war sie die Einzige im Haus. Aber Lilo musste genau dort am Empfang vorbei, also galt es jetzt erst einmal abzuwarten. Irgendwann musste die Frau ihren Platz ja mal verlassen, diese Gelegenheit würde Lilo nutzen, beschloss sie. Und siehe da, es dauerte gar nicht lange, da stand die Frau auf und ging in Richtung WC.

Lilo schlich sich am Empfang vorbei und lief dann weiter um die nächste Ecke. Jede Türklinke drückte sie herunter auf ihrer Suche nach Caspar. Erst im Keller fand sie ihn, wo er in einer von zwei Zellen saß und nicht schlecht staunte, als er sie kommen sah. Sie lief zu ihm und probierte wieder alle Schlüssel durch. Fast wäre sie verzweifelt, weil keiner passen wollte, bis der letzte endlich der richtige war. Lilo öffnete die Zellentür und fiel Caspar in die Arme. Der drückte sie ganz fest an sich und freute sich, seine Lilo wiederzuhaben.

Jetzt mussten sie aber so schnell wie möglich zum Teich kommen. Caspar lief voran, und als sie die Treppe hinaufgeschlichen waren, saß da natürlich wieder die junge Frau am Empfang und machte auch keine Anstalten, ihren Platz zu verlassen. Lilo und Caspar lagen auf der Treppe und schauten sich an. Viel länger konnten sie jetzt nicht warten. Deshalb setzte Caspar ausnahmsweise seine Kräfte ein, fixierte die Frau konzentriert mit seinen Augen, die sofort zu leuchten begannen, auch die Schlieren bewegten sich.

Lilo beobachtete das Ganze. Sie war neugierig, was Caspar der Frau sagte, und klinkte sich in seine Gedanken ein. Caspar redete die ganze Zeit auf die junge Frau ein, dass sie dringend aufs WC müsste. Und nach kurzer

Zeit erhob sie sich tatsächlich und steuerte erneut die Toilette an, wahrscheinlich zu ihrer eigenen Überraschung, nach so kurzer Zeit schon wieder zu müssen.

Caspar und Lilo nutzten die Gelegenheit und beeilten sich, aus dem Polizeigebäude herauszukommen. Schnell und leise mussten sie sein. Nach kurzer Zeit war es geschafft. Sie waren im Freien.

Sofort machten sie sich daran, auf Lilos Fahrrad zu steigen. Caspar fuhr und Lilo setzte sich auf den Gepäckträger. Sie fuhren auf der Straße entlang, hinaus aus dem Ort, Richtung Wäldchen. Plötzlich hielt Caspar an und drehte sich zu Lilo um, die ihn mit angespanntem Gesicht ansah. Beide konnten zwei Lichter erkennen, die offensichtlich zu einem Auto gehörten. Das Auto selbst konnten sie in der Dunkelheit noch nicht ausmachen. War Caspars Verschwinden bereits aufgefallen? Suchte die Polizei schon nach ihm?

Schnell sprangen sie vom Rad und zogen es hinter sich in das Feld neben der Straße. Dort wollten sie sich verstecken. Doch die Insassen des Autos hatten sie schon bemerkt, glücklicherweise nicht die Polizei, sondern Marta und Ben, die auf der Suche nach Lilo waren.

Als Marta bemerkt hatte, dass Lilo nicht mehr in ihrem Zimmer war, war sie fast umgekommen vor Angst. Wo konnte sie sein? Bestimmt auf dem Weg zu Caspar. Jetzt war Marta überglücklich, beide unversehrt zu sehen! Trotzdem schaute sie ihre Tochter erst einmal böse an, dann aber doch vor allem erleichtert. „Was hast du dir nur dabei gedacht, einfach zu verschwinden? Ohne ein Wort. Ich bin fast umgekommen vor Sorge um dich! Mach das bitte nie wieder."

Dann wollte sie von Caspar wissen, wie er es geschafft hatte zu fliehen. Caspar sah Lilo an und beide erzählten Marta und Ben in ein paar Sätzen, wie Lilo es angestellt hatte, Caspar zu befreien. Dafür bekamen sie nicht gerade Beifall von Marta und Ben, die sich aber mit Kommentaren doch zurückhielten.

Ben wusste, dass die Polizei Caspar bald suchen und dabei zuerst zu ihnen kommen würde. Deswegen drängte er zur Eile. Als alle im Auto saßen, läutete auch schon sein Handy. Ein Blick auf das Display verriet ihm, dass es Oliver war. Also war Caspars Flucht aufgefallen. Sie hatten keine Zeit zu verlieren.

Ben trat aufs Gaspedal. Das Treffen am Teich musste über die Bühne gehen, bevor die Polizei sie einholte. Er glaubte immer noch nicht, was Marta ihm erzählt hatte, und deswegen konnte er es kaum erwarten, sich selbst zu überzeugen.

Alle waren angespannt. Niemand redete auch nur ein Wort. Caspar hielt Lilos Hand und ließ sie nicht aus den Augen. Er war so froh, dass Lilo ihm verziehen hatte, und auch sehr gespannt, wie sie sich in Kürze entscheiden würde. Denn in nicht einmal einer Stunde war es so weit.

So, wie Caspar insgeheim hoffte, dass Lilo mit ihm und seiner Familie gehen würde, trug Marta die Hoffnung in sich, Lilo nicht zu verlieren.

Die Spannung, die von den widerstreitenden Gedanken ausging, war erdrückend. Alle vier spürten das und waren erleichtert, als sie endlich am Teich ankamen.

Kapitel 19

Ben stellte den Motor ab und sie stiegen aus. Er wollte das Ganze jetzt nur noch hinter sich bringen, denn Oliver hatte mittlerweile bereits fünfmal angerufen. Wahrscheinlich vermutete er, dass Caspar bei ihnen war, und so war es nur eine Frage der Zeit, bis die Polizei auch hier beim Teich nach ihm suchen würde.

Obwohl Ben nicht glauben konnte, dass es diese Wesen wirklich gab, ließ ihn der Gedanke nicht los, dass Marta vielleicht doch die Wahrheit gesagt hatte. Sie hatte ihn nämlich noch nie angelogen.

Die vier standen beim Wohnwagen und warteten. Jetzt bekam Lilo es aber doch mit der Angst zu tun, denn ihr wurde plötzlich klar, dass ihr kaum noch Zeit blieb, über ihre Entscheidung nachzudenken. Dabei wusste sie immer noch nicht, wo sie hingehörte! Und in wenigen Minuten wurde es Mitternacht. Sie schaute zum Mond hinauf, der klar über ihnen stand, umrandet von vielen funkelnden Sternen, und atmete tief durch.

Marta legte ihre Hand auf die Schulter ihrer Tochter und sah sie liebevoll an. Sie hatte ihre Unruhe bemerkt, und nickte ihr jetzt Mut machend zu: „Du schaffst das, Lilo! Ich weiß, dass du die richtige Entscheidung treffen wirst. Hab keine Angst und lass es einfach auf dich zukommen."

Caspar wusste auch, dass Lilo sich richtig entscheiden würde, und unterstütze Marta dabei, Lilo zu beruhigen. Nur Ben hielt sich im Hintergrund. Er hatte andere Sorgen. Nicht, dass ihm Lilo nicht wichtig war, aber Oliver ging ihm nicht aus dem Kopf und deswegen kontrollierte er ständig, ob auch niemand kam. Außerdem war er auch sehr aufgeregt, die übersinnlichen Wesen endlich zu sehen und sich davon zu überzeugen, dass Marta die Wahrheit gesagt hatte. Er wollte es endlich wissen! Wenn er also nicht gerade nach der Polizei Ausschau hielt, scannte er seine Umgebung nach irgendetwas Ungewöhnlichem ab. Er wusste ja nicht, worauf er genau achten sollte. Also versuchte er, mit all seinen Sinnen wach zu sein.

Marta beobachtete ihn dabei und musste fast lachen. Er benahm sich wie ein kleines Kind auf Entdeckungsreise. Sie ging zu ihm hinüber und fragte ihn grinsend: „Sieht fast so aus, also ob du etwas suchst!" Ben grinste verlegen. „Ich suche nicht! Ich warte. Du weißt schon, worauf." Marta nickte und bekam einen traurigen Blick.

Ben wurde plötzlich klar, dass er Martas Gefühle in dieser Situation total übersehen hatte. Er bemerkte auf einmal, wie zerrissen sie sich fühlen musste, was sie für eine Angst haben musste, ihr Kind nie wiederzusehen. Er schämte sich fast, das so spät erst erkannt zu haben. So zog er sie wortlos zu sich heran, umarmte sie ganz fest und flüsterte ihr leise ins Ohr, dass er immer an ihrer Seite stünde, egal was passieren würde. Marta fühlte sich bei diesen Worten etwas ruhiger. Sie gaben ihr die Kraft, die Situation besser zu bewältigen. Doch den Schmerz bei dem Gedanken, dass sie Lilo verlieren könnte, den konnte auch Ben ihr nicht nehmen.

Beide hielten sich noch umarmt, als sie Caspar und Lilo rufen hörten: „Es ist so weit! Sie kommen!" Marta und Ben drehten sich in die Richtung, die Caspar und Lilo ihnen zeigten. Und wirklich, da waren auf einmal lauter kleine Lichter, die sich vermehrten und immer heller wurden. Ben beobachtete das ganze Schauspiel mit offenem Mund und konnte nicht glauben, was er sah. Er musste wie die anderen seinen Blick abwenden, als das Licht zu hell wurde, und als er wieder aufsah, standen Atura, Patora, Litara und Irata in voller Pracht vor ihm. Ben war so erstaunt, dass er kein Wort herausbekam und in die Knie ging.

Atura sah zuerst Marta und Ben an und nickte ihnen so wie den anderen zur Begrüßung mit dem Kopf zu. Marta erwiderte den Gruß für beide, denn Ben war zu schockiert, er war zu nichts mehr in der Lage.

Dann ging Aturas Blick weiter zu Lilo und Caspar. Lilo begrüßte ihren Vater auch mit einem Nicken. Ihr Blick war ernst und ihre Augen fingen an zu leuchten, so wie die von Caspar. Sie sah zu Atura, dann zu Caspar und zum Schluss zu Marta und Ben, konnte aber immer noch nichts spüren. Sie wartete auf ein Zeichen. Auf einmal hörte man Motorengeräusch. Ben sprang auf und machte alle darauf aufmerksam, dass sie nicht mehr viel Zeit hatten. Die Polizei war im Anmarsch.

Caspar sah Lilo an und nahm ihre Hand: „Schließ die Augen und versuch an nichts zu denken, dann wirst du es hören!" Lilo hatte ihre Augen geschlossen und fragte Caspar: „Was soll ich hören?" Caspar erwiderte ihr mit sanfter Stimme: „Dein innerstes Ich wird dir sagen, wo du hingehörst."

Lilo versuchte ruhig zu bleiben, was ihr gar nicht leichtfiel. Plötzlich hatte sie Klarheit. Sie öffnete ihre Augen und ihr Blick traf zuerst den ihrer Mutter. Marta blieb die Luft weg, als sie an Lilos Blick erkannte, wie sie sich entschieden hatte. Ihre Augen füllten sich mit Tränen und Lilo lief zu ihr, um sie fest zu umarmen. Sie versicherte ihrer Mutter, dass sie in Gedanken immer bei ihr sein würde, aber ihr Platz sei bei Caspar und ihrem Vater. Auf diese Weise könnte sie viel Gutes für die Welt tun.

Marta hatte immer gewusst, wo ihre Tochter hingehörte, und versicherte Lilo jetzt, dass sie ihre Entscheidung richtig fand. Beide weinten, als sie sich zum Abschied ganz fest umarmten. Auch Ben hatte Tränen in den Augen, als er dazukam und beide mit seinen Armen umschloss.

Danach ging Lilo zu Caspar und nahm seine Hand. Sie schaute ihn an, setzte ein Grinsen auf und gab ihr Einverständnis zur endgültigen Verwandlung in eines dieser mächtigen, übersinnlichen Wesen. Daraufhin nickte Caspar Atura zu und dieser sowie die andern Wesen stellten sich im Kreis um Caspar und Lilo auf. Atura, Patora, Litara und Irata schlossen ihre Augen und im Kreisinneren, dort, wo Lilo und Caspar standen, wurde es ganz hell. Die Energie, die diese Wesen erzeugten, war so hoch, dass sie sich zeitweise in Form von Blitzen entlud. In diesem Licht geschah Lilos Verwandlung und auch Caspar nahm wieder seine wahre Gestalt an. Jetzt war er wieder Caspara und sah komplett anders aus. Er hatte so wie die anderen langes, weißes Haar und seine Ohren waren spitz. Der Stern auf seiner Stirn leuchtete violett und die gleiche Farbe trug auch sein Mantel. Er war eine genauso schöne Erscheinung wie seine Artgenossen.

Dann sah Marta zu Lilo. Sie war wunderschön. Ihre Augen leuchteten eine Spur heller als die der anderen und ihr Gesicht war mit Sternenstaub bedeckt. Über ihren Augenbrauen befanden sich genau die gleichen drei Punkte wie bei Caspara, Atura und den anderen. Ihr Stern war türkis, so wie auch der Mantel, den sie jetzt trug. Nur ihr Kleid darunter hatte nicht die gleiche Farbe wie die Kleider der anderen. Lilos Gewand war rein-weiß. Das war der einzige Unterschied, sonst sah Lilo genauso aus wie diese Wesen. Sie war jetzt eine von ihnen. Sie stand nur da und schaute Caspar an.

Lilo wartete darauf, dass sich ihre Gefühle zu Caspar so wie prophezeit änderten. Aber sie konnte keine Ver-änderung feststellen. Doch bevor sie noch etwas sagen konnte, drängte Ben jetzt zur Eile, denn die Motorenge-räusche kamen immer näher Es würde nicht mehr lange dauern, bis die Polizei da sein würde und alles mit anse-hen könnte. Das ging auf keinen Fall!

Atura rief seine Familie zu sich, um aufzubrechen. Doch Lilo hielt Caspar noch etwas zurück. Sie sah ihn liebevoll an und sagte, dass sie immer noch die gleichen Gefühle für ihn hätte, auch die körperlichen. Er gab ihr einen Kuss und lächelte sie an. So ging es auch ihm. Auch er fühlte immer noch genauso für Lilo wie in sei-ner Menschengestalt. Das hatte es zwischen zwei Wesen dieser Art noch nie gegeben!

Caspar und Lilo hatten einen neuen Grundstein ge-legt mit ihrer tiefen Liebe zueinander. Das würde eine Art Umstellung bedeuten in den Kreisen dieser Wesen, wofür es sicher einen Grund gab. Das Universum hat für alles, was es uns auf unseren Weg stellt, einen Grund. Nichts passiert ohne einen tieferen Sinn.

Lilo sah, bis sie verschwunden war, winkend ihre Mutter an.

Kapitel 20

Als alle Lichter in den Weiten des Himmels verschwunden waren und es wieder dunkel war, musste Marta endgültig erkennen, dass ihre Tochter nicht mehr bei ihr war. Doch sie war nicht traurig, sie freute sich für Lilo und wusste, dass das ihr Weg war.

Atura hatte einen guten Zauber für Marta ausgesprochen, der es ihr leichter machen würde, loszulassen, so lange, bis Marta das auch allein, ohne Hilfe, konnte.

Marta und Ben standen eng umschlungen im Dunkeln und schauten auf die mittlerweile leere Stelle, auf der die Wesen und auch Lilo kurz zuvor noch gestanden hatten.

Oliver und sein Kollege waren inzwischen auch angekommen. Sie gingen gerade in Richtung Teich, als Marta und Ben ihnen schon entgegenkamen. Sie hätten keine Ahnung, wo Caspar sei, aber Lilo schliefe zu Hause in ihrem Bett. Obwohl Oliver ahnte, dass das gelogen war, sagte er nichts und half ihnen, indem er bestätigte, dass das sicher seine Richtigkeit habe. Schließlich war Ben sein bester Freund!

Als auch Olivers Kollege zufrieden war, verließen die Polizisten Ben und Marta wieder. Die beiden warteten noch eine Weile und fuhren dann auch nach Hause.

Marta dachte sich eine Geschichte aus, um Lilos Verschwinden bei allen im Ort überzeugend zu erklären: Sie schickte ihre Tochter einfach zu Verwandten nach Südafrika. Und da Caspars und Lilos Ähnlichkeit schon längst in aller Munde war, dauerte es auch nicht lange, bis die Gerüchteküche in der Gemeinde brodelte.

Die Leute erzählten sich, dass Caspar doch ein ferner Verwandter von Lilo gewesen wäre und sie nun mitgenommen hatte zu ihrer anderen Familie. Marta ließ die Ortsbewohner in diesem Glauben, denn irgendwie hatten sie ja auch nicht Unrecht mit ihrer Geschichte. Sie war nur eben abgewandelt für den menschlichen Verstand. Auch die Neugier würde mit der Zeit vergehen, da war sich Marta sicher. Denn die Zeit heilt alle Wunden.

Eines Nachts stand Marta in Lilos Zimmer und schaute wieder einmal hinauf zu den Sternen, wobei sie ganz fest an Lilo dachte. Auf einmal konnte sie ihre Tochter hören. Lilo war in ihrem Kopf, in ihren Gedanken, und redete mit ihr.

Von da an wusste Marta, dass ihre Tochter immer bei ihr war. Näher als je zuvor, und das machte sie so glücklich, dass sie weinen musste. Marta spürte, dass alles genau so war wie vorherbestimmt. Dieser Gedanke machte sie sehr ruhig und zufrieden.

Sie schaute noch lange zu den Sternen.

ENDE

Danksagung

Nach meiner Auffassung ist dieses Buch entstanden, weil das Universum mich durch Lebenserfahrungen inspirierte, meine Gedanken und Lebenseinstellung auf Papier zu bringen. Aus diesem Grund gilt mein erster Dank der allmächtigsten Energie die es gibt. Dem Universum.

Hinter einem guten Buch stehen immer großartige Lektoren. Ich kann meinen Lektoren gar nicht genug danken für ihre gute Arbeit.

Mein Dank gilt auch wichtigen Wegbegleitern, Menschen und Freunden die mich unterstützten:
Christina Wohlmuth, Jürgen Suppan und meinem Fotografen Manuel Polomini.

Einen ganz besonders großen Dank auch an meinen Mann Ewald Suppan.
Durch seine große Unterstützung, Motivation und dem Verständnis, ist meine Geschichte zu diesem Roman geworden.

MIX

Papier | Fördert
gute Waldnutzung

FSC® C083411

Zeitfracht Medien GmbH
Ferdinand-Jühlke-Straße 7
99095 Erfurt, Deutschland
produktsicherheit@kolibri360.de